शाहकार कहानियाँ

शाहकार कहानियाँ

जोगेन्दर पॉल

अनुवाद

नबी अहमद

संकलन

मुशर्रफ़ आलम ज़ौक़ी

वाणी प्रकाशन

वाणी प्रकाशन
ज्ञान के विविध आयामों के प्रकाशक

वाणी प्रकाशन का 'लोगो' विख्यात चित्रकार मक़बूल फ़िदा हुसेन की कूची से

वाणी प्रकाशन, 4695, 21-ए, दरियागंज, नयी दिल्ली-110002

वाणी प्रकाशन, अशोक राजपथ (पटना कॉलेज के सामने), पटना (बिहार)

SHAHKAR KAHANIYAN : JOGENDER PAUL

by Jogender Paul

Edited by Musharraf Alam Zauqi

Collection of Short Stories

ISBN : 978-93-5000-207-0

प्रथम संस्करण

मूल्य : 95/-

वाणी प्रकाशन

फोन : 0091#11#23273167, 23275710

फैक्स : 0091#11#23275710

वेबसाइट : www.vaniprakashan.in

ई-मेल : vaniprakashan@gmail.com

vani_prakashan@yahoo.com

आर.टेक ऑफसेट प्रिंटर्स द्वारा दिल्ली-110095 में मुद्रित

जोगेन्दर पॉल की कहानियाँ

आज की उर्दू कहानी का तज़किरा जोगेन्दर पॉल के बिना मोकम्मल नहीं हो सकता। पॉल साहब पर गुफ्तगू करने से पहले उस आदमी को समझना ज़रूरी है, उर्दू भाषा से जिसके 'कमिटमेण्ट' ने एक खूबसूरत इतिहास रच डाला। बाहर के मुल्क की एक खुबसूरत नौकरी को पॉल साहब ने अपनी जवानी के दिनों में सिर्फ इसलिए क़ुर्बान किया कि उन्हें वापस अपने मुल्क हिन्दुस्तान आकर उर्दू में कहानियाँ लिखनी थीं। इस तरह पॉल साहब का राबता 'रोजगार' के दूसरे बन्धनों से कट गया और वे सिर्फ उर्दू कहानी के होकर रहे। उन्होंने भविष्य के तमाम उतार-चढ़ाव पर अपनी कहानियों को प्राथमिकता दी।

पॉल साहब इन मामलों में खुशनसीब रहे कि उन्हें उर्दू और हिन्दी दोनों का प्यार मिला। इस तरह मंटो, बेदी और इस्मत की परम्परा में, अगर उर्दू का कोई अहम नाम हिन्दी से सबसे ज्यादा जुड़ा, तो वो पॉल साहब का है। आज पॉल साहब की कहानियाँ हिन्दी की लगभग तमाम साहित्यिक पत्रिकाओं में शान से छपती हैं। उनके साक्षात्कार, आदर के साथ इन साहित्यिक पत्रिकाओं में लगातार प्रकाशित किए जा रहे हैं। कारण बस इतना है कि लोग ज्यादा से ज्यादा पॉल साहब को जानना और समझना चाहते हैं।

जोगेन्दर पॉल को सबसे ज़्यादा शोहरत उनके पहले कहानी-संग्रह 'धरती का काल' से मिली। 'पाताल' और 'बाहर का आदमी' इस संग्रह की सर्वश्रेष्ठ कहानियाँ थीं। धीरे-धीरे कहानी की सतह पर चरित्र के साथ खुद उनके संवाद का अन्दाज़ उनकी कहानी का खास

हिस्सा बनता गया। पॉल साहब की कहानियों में अक्सर हिजरत या प्रवास का दुख साफ झलकता है। शायद इसकी वजह किसी न किसी सतह पर विभाजन के काले इतिहास से गुज़रना भी रहा है। पॉल साहब के यहाँ लाहौर के गली-कूचों के तज़किरे आज भी मिल जाते हैं। पॉल साहब दरअसल मंटो के 'टोबाटेक सिंह' की तरह, हिन्दुस्तान और पाकिस्तान को अलग-अलग टुकड़ों के रूप में कभी देख ही नहीं पाए। दरअसल यही दर्द उनके भीतर का दर्द बनता गया। यही दर्द खुद-ब-खुद उन्हें अपनी तमाम कहानियों में खींच लाता है। वे अपनी कहानी के सिचुएशन्स में इतना घिर जाते हैं, कि खुद ही एक चरित्र बन कर अपनी कहानी में दाख़िल हो जाते हैं।

> सुन रहे हो—अरे भाई, हुंकारा भरते-भरते अचानक ऊँघने लगते हो—हाँ, बूढ़े तो बहुत हो लिए हो, परन्तु इतने ही जितना मैं—हाँ, तुम ठीक कहते हो। मैं तो जागते में भी सोया पड़ा रहता हूँ, क्यों?—क्योंकि मैं कोई काम अपनी मर्जी से हाथ में लेता हूँ, न उसे अंजाम देता हूँ—मानो इसे कोई और ही अंजाम दे रहा हो और मुझ फकीर-हकीर का बस यही काम है कि मेरी नेक दुआओं के बदले मेरा भीख का प्याला खाली न रहे, बस मेरा पेट भरता रहे, मगर पेट भर जाने पर जरा आँख लग जाती है तो अपने सपनों की दुनिया में क़दम धरते ही मैं खुदमुख़्तार हो जाता हूँ—सुन रहे हो? कोई हर्ज नहीं, सोए पड़े रहो। सपनों में दाख़िल हुए बिना एहसास नहीं होता कि काइनात कितनी बड़ी है और हम कितने कारगर हैं—बाहर?—बाहर तो हम सिर्फ यहाँ से वहाँ तक होते हैं, सिर्फ वहीं, जहाँ जा पाएँ। अपने भीतर ही भीतर तो हम 'चश्मे जदन' में कहीं से कहीं जा पहुँचते हैं—और क्या? मैं और किस लिए ये दावा करता फिरता हूँ कि कहाँ है जहाँ मैं न गया हूँ यही तो है—हमारी सारी मुसाफतें हमारे भीतर ही स्थित होती हैं।
>
> —मुहाजिर

हाँ, यूँ ही होगा। वो वहाँ थी ही कहाँ? दिल की बस्ती तो हिज्र की क़ेयामगाह होती है। मैं तो जी ही जी में उससे यहाँ सर जोड़े बैठा था और वो उस समय बड़े मजे से अपने पति और बच्चों के साथ कहीं बसर कर रही थी। मैंने अपनी इच्छा को ही उसकी इच्छा समझ लिया कि वो बेवा होकर मेरे पास लौट आयी है और हम दोनों ने तुरंत शादी कर ली है और–और बताऊँ, क्या? मुझे कोई खूँखार जंगली जानवर समझ लो जिसे जो भी वस्तु या जानदार नजर आता है वो उसे खाने की चीज़ समझ कर झट मुँह में डाल लेता है।

–मुहाजिर

'खुदकलामी' यानी कहानी में खुद से बात करने का ये लहज़ा पॉल साहब की लगभग तमाम कहानियों में मौजूद है। अब ये लहज़ा उनका अपना विशेष स्टाइल बन चुका है। पॉल साहब की ज़्यादातर कहानियाँ Pathos से जन्मी हैं। वो इन्सानी दुख को अपना साथी, अपना दोस्त बना लेते हैं। फिर वो इस 'दुःख' के साथ लगातार संवाद कायम करते रहते हैं। पॉल साहब ने ज़िन्दगी को बड़े करीब से देखा है। इसीलिए वो कहानी लिखते नहीं हैं बल्कि कहानी जीते हैं।

पॉल साहब की कहानियों का एक बड़ा संसार है। इस बड़े संसार से कुछ कहानियों का चयन करना मेरे लिए काफी मुश्किल काम था। मैंने कोशिश यह क़ी, कि उनकी शुरुआती दौर की कहानियों को छोड़ दिया जाए पिछले दस वर्षों में छपने वाले संग्रह को ही मैंने अपने चयन का आधार बनाया। मेरी कोशिश ये थी कि पॉल साहब की कहानियों के विभिन्न Shades इसमें दिखाई पड़ने चाहिए। मेरी ये कोशिश कहाँ तक क़ामयाब रही, इसके लिए पाठकों की राय का इन्तज़ार रहेगा।

– मुर्शरफ़ आलम ज़ौक़ी

टी-101 ताज इन्क्लेव, लिंक रोड
गीता कॉलोनी, दिल्ली–110031

अनुक्रम

निर्धन

मैं आजकल कोई काम-वाम नहीं करता। अब इस उम्र में किसी काम का रहा भी नहीं, बस सारा दिन अख़बार पढ़ता रहता हूँ—हाँ, अख़बार पढ़ना तो आधा-पौन घण्टे में ही खत्म हो लेता है। पहले-पहल तो मैं उसे एक बार पढ़ने के बाद नये सिरे से पढ़ना शुरू कर देता था और फिर नामालूम क्योंकर मेरी आदत-सी हो गयी कि मेरी नज़र के पहले ही वाक्य की आड़ में खड़ी रह जाती और वह सारा वाक़िया मेरे सामने शुरू से आखिर तक अंजाम पाने लगता—एक और नयी ब्याहता ने अपने आपको जला लिया—इस बाईस वर्षीय लड़की का नाम राम प्यारी है। उसके हाथ-पैर अभी तक शादी की मेहँदी से रँगे हुए हैं। वह अपने कमरे में बन्द है और अचानक अपने इरादे से खौफज़दा होकर चिल्लाने लगी है। उसके घर वाले उसकी आवाज़ें सुनकर बाहर से दरवाज़ा पीटने लगते हैं जिस पर उसने सर झटक कर माचिस की तीली जलाई है और अपने पेट्रोल से भीगे हुए लिबास पर लगा ली है और फिर मौत के जलते हुए हाथों को अपने मुँह-सर की ओर उठते हुए पाकर ज़ोर-ज़ोर से चीखने लगी है। घर के लोग उसे पुकार-पुकार कर दरवाज़ा पीटते जा रहे हैं। वह दरवाज़े की ओर लपकी है, परन्तु दो-चार कदम में ही गिर गयी है और—

"तुमने ही आगे बढ़ के इसे क्यों न बचा लिया, बाबा?"

मैं अपने मासूम पोते-पोतियों को कैसे समझाऊँ कि वाक्यों की ओट में सहमा हुआ आदमी किसी को क्या बचाएगा? कहाँ तो आदमी क़यामत की सौन्दर्यपूर्ण कल्पना से ज़रा-सा भयभीत होकर

खुश हो लेता था और कहाँ अब हर सुबह आँख खुलते ही उसे सचमुच की क़यामत का सामना रहता है और अख़बार पढ़ते हुए उसकी नज़र फट कर रह जाती है और फिर हड़बड़ा कर उसे याद आता है कि काम पर जाने से देर हो रही है, अरे नाश्ता जल्दी लाओ, या फिर क्या आज नाश्ते के बिना ही चला जाऊँ?

नहीं, मेरी बात और है, मुझे कहीं काम पर नहीं जाना होता, बता चुका हूँ ना, इसी दौरान कोई दूसरी ख़बर मेरे दिलो-दिमाग में एक लम्बी-चौड़ी दास्तान बन कर फैल जाती है। यही कारण है कि अख़बार पर सारा दिन झुका रहने के बावजूद आजकल मैं पहले पृष्ठ से भी आगे नहीं पढ़ पाता।

"बाबा!—बा—बा!—"

मैं अपनी पोती शौकी की आवाज़ सुन कर आँखें खोलकर अपने दोनों बाज़ू उसकी ओर फैला देता हूँ।

"आओ बिटिया, आओ हमारी गोद में बैठ जाओ।"

"तुम्हारी गोद में तो अख़बार पड़ा है बाबा।"

"लो, हम अख़बार एक ओर डाले देते हैं बेटी।"

वह उछल कर मेरी गोद में आ बैठी है परन्तु : "तुम्हारी गोद बहुत छोटी है बाबा!" मेरी गोद से वह उठ खड़ी हुई है। "मैं अब बड़ी हो गयी हूँ—देखो!"

वह मुझे और भी नन्ही-मुन्नी मालूम होने लगी है। "तुम्हें एक कहानी सुनाऊँ, शौकी बेटी?"

"हाँ, बाबा!" परन्तु उसका चेहरा तुरन्त ढीला पड़ गया है। क्या फायदा? तुम्हें कोई सचमुच की जादू की कहानी तो आती नहीं। वही अख़बार की कहानियाँ सुनाते हो।"

मेरे सामने जैसे सारी दुनिया का चेहरा मासूम इच्छाओं से तमतमा रहा है, फिर?—फिर क्या? कोह हैकल देव ने हाथ बाँध कर पूछा, बताओ बालिका, तुम्हारी क्या इच्छा है?—मुझे सोने-चाँदी का महल चाहिए—

"क्या तुम्हें सोने-चाँदी का महल चाहिए शौकी बेटी?"

"नहीं, बाबा, मैं तो ये चाहती हूँ कि दंगे बन्द हों और हमारे

स्कूल खुल जाएँ।"

"परन्तु तुम्हें तो खुश होना चाहिए कि छुट्टियाँ ही छुट्टियाँ हैं।"

"छुट्टियों से क्या होता है? बाहर तो हर समय कर्फ्यू लगा रहता है।"

"तो क्या हुआ? फ्लैट के अन्दर खेला करो।"

"अन्दर फुटबॉल कैसे खेलें, बाबा?"

हाँ, वाकई!—मैं सोचने लगा हूँ कि जीना तो तभी होता है, जब फुटबॉल ठोकर लगते ही बेरोक-टोक लुढ़कता चला जाए।

"बेटी!" मैंने शौकी की ओर सर उठा कर उसे मुख़ातिब किया है, परन्तु वह न जाने कब से मेरे कमरे से जा चुकी है। मैं आप ही आप बातें किए जा रहा हूँ। मेरा छियासठवाँ साल भी अभी पूरा नहीं हुआ परन्तु मैं सत्तरा बहत्तरा हो चुका हूँ।

मैंने अख़बार फिर हाथों में ले लिया है जिसके पहले पृष्ठ पर मेरी नजर एक छोटी-सी ख़बर में अभी तक वैसे ही दुबकी पड़ी है जैसे मैंने उसे छोड़ा था। अमरीका का कोई 'नौआबाद' हिन्दुस्तानी पण्डित मध्य प्रदेश की एक बस्ती में भगवान कृष्ण की सोने की मूर्ति पर हाथ साफ़ करते हुए पकड़ा गया था—पण्डित राधेश्याम अमेरिका में यही पुजारी का धन्धा करता था। वर्षों बाद वह अपने जन्मस्थान वाले शहर आया हुआ था और अमेरिका लौटने से पहले अपने शहर के उस पुराने मन्दिर में पूरे पाँच किलो बर्फी का चढ़ावा साथ लाया था। तीसरे पहर के समय जब वह यहाँ पहुँचा तो मन्दिर बन्द पड़ा था। परन्तु उसके पास समय बहुत थोड़ा बचा था। उसने सोचा होगा कि भारत के पुजारी तो दिन भर दिन के खाने की गिरानी से खर्राटे भरते रहते हैं और रात भर राते के खाने की गिरानी से, हम अपने काम रोक कर कैसे पड़े रहें? अब आप उसे भगवान ही की करनी कह लीजिए, उस रोज मन्दिर का पुजारी दरवाज़ा भेड़ कर चटखनी लगाना भूल गया था, इसलिए पण्डित ने जरा-सा दरवाज़ा धकेला और अन्दर दाखिल हो गया और सीधा मूर्ति स्थान पर जा पहुँचा। मूर्ति के दर्शन करके वह खड़े का खड़ा रह गया, नटखट कन्हैया को अपने सोने बदन में साँस भरते हुए पाकर वह स्वयं आप मूरत-सा बन

गया। आखिर कुछ सोच कर उसने अपना सिर हिलाया और पहले तो वापस जाकर मन्दिर के बाहरी पट बन्द किए और फिर दबे पाँव पुजारी के रिहाइशी कमरे में घुस गया और अपनी आशानुसार उसे सोया पाकर बेहोशी की दवा सुँघा दी—जी भर के सो लो!—पण्डित फिर मुस्कराते हुए मन्दिर में लौट आया और भगवान की नजरों से टटोल कर तसल्ली करने लगा कि सारा सोने का है या कहीं खोट भी भरा हुआ है—नहीं, खरे सोने का भगवान है!—जय गिरधर गोपाल!—अपने दोनों हाथ जोड़ते हुए उसे गिरधर गोपाल पर तरस आने लगा—कितना असावधान पुजारी है! बेचारे को उठाईगीरों के लिए इस तरह खुला छोड़ कर सोया पड़ा है—पण्डित को मालूम होने लगा कि भगवान अपने आस-पास से बहुत बोर हो रहा है, मानो हिलने-डुलने की बेकार कोशिश से थक हार कर खड़ा हो और उससे ये भी न हो पा रहा हो कि ज़रा दिल बहलाने की ख़ातिर मुरली वाले हाथ को होठों पर ही ले जाए।

शायद भगवान की बेबसी महसूस करके पण्डित राधेश्याम को बंगला के कवि नजरुल की एक घटना याद आने लगी जिसे अमेरिका में किसी से सुन कर उसने कहा था कि ऐसा कैसे हो सकता है। इस गरीब कवि को जब बताया गया कि उसका बुत पूरे एक लाख रुपये की लागत से शहर के एक बड़े चौराहे पर स्थापित किया जा रहा है तो उसने अपनी इच्छा प्रकट की, यदि एक लाख रुपया मुझे दे दो तो मैं स्वयं ही चौराहे पर बुत बन कर खड़ा हो जाता हूँ—पण्डित के होठों पर मुस्कराहट घिर आयी—कवि गरीब को क्या पता, अपनी कीमत वसूल कर के हमेशा का बुत बने रहना कितना जानलेवा होता है?—फिर हम भगवान का बुत क्यों बना लेते हैं?—इसे पूरी आजादी से घूमने-फिरने के लिए क्यों नहीं छोड़ देते? या। या ये भी तो है कि अपने बारे में शताब्दियों हमारी इतनी भली-भली बातों पर रीझ कर उसके लिए कोई और चारा ही न रहा हो और सुध-बुध खोए एक दिन वहीं अकड़-अकड़ कर वह आप ही आप बुत बन कर रह गया हो, अब हिले-डुले क्योंकर?—पण्डित अपने आपको समझाने लगा, अपने इसी कमाल से तो तुम बड़ों-बड़ों

को चित कर लेते हो बन्धु। हाँ, यही तो है बन्धु। जो तुम्हें सुनने से इनकार करता है, उसे केवल उसकी तारीफ़ सुनाओ, इतनी तारीफ़ कि वह हिलने-डुलने के क़ाबिल ही न रहे; निरा पूरा भगवान बन जाए।

अपने आपको खी-खी हँसते पाकर पण्डित अपनी सोच पर लज्जित होकर भगवान की स्वर्ण मूर्ति की ओर देखने लगा और पेशावृत्त विनय से हाथ जोड़ कर कोट-पतलून के कसे हुए पहनावे में भी इस तरह आसानी से घुटनों के बल बैठ गया जैसे धोती-कुरते में हो, और भगवान के सामने सर झुकाकर संगमरमर के फर्श पर उस समय तक नाक रगड़ता रहा जब तक अमेरिकी क्रीम की चिकनाहट से फ़र्श पर एक चमकीली रेखा न खिंच आयी, और फिर वह छींकें मारते हुए उठा और पिस्ते वाली बर्फी की टोकरी लिये दो सीढ़ियाँ चढ़ कर भगवान की सतह पर जा खड़ा हुआ और टोकरी से बरफी निकाल के भगवान के अधखुले मुँह में ठूँसने लगा। जो कण-कण उसके कदमों में गिरती चली आयी।

"ठहरो पण्डित!"

पण्डित ने बौखलाकर इधर-उधर देखा।

"मैं बोल रहा हूँ।"

अमरीकी पण्डित को अपने कानों पर यकीन न आया। भगवान उससे मुख़ातिब होकर कह रहा था कि मेरे मुँह में इतना मीठा मत ठूँसो। "मीठा खा-खा के मुझे डायबिटीज़ हो गया है पण्डित।"

अमरीकी पण्डित अपनी हैरानगी भूल कर जोर-जोर से हँसने लगा।

"इसमें हँसने की क्या बात है?" परन्तु भगवान स्वयं हँसने लगा।

"दरअसल मुझे यही डर लगा रहता है, यदि डायबिटीज हो गया तो मेरा सोने का बदन मिट्टी हो जाएगा। तुम अमेरीकी नागरिक हो। फीकी और उबली हुई ख़ोराक क्यों नहीं लाये?"

"इसके लिए तो तुम्हें मेरे साथ हो लेना पड़ेगा गिरधरगोपाल।"

"सच!" भगवान की बाँछें खिलकर सोने में साफ़ दिखाई देने लगीं। मेरी भी बड़ी इच्छा है एक बार अमेरिका देख लूँ।"

पण्डित राधेश्याम ने अपने दोनों हाथ सोने के भगवान की ओर

बढ़ाते हुए रोक लिए। "परन्तु तुम हर जगह हो दयालु, यहाँ भी हो, वहाँ भी–कहाँ नहीं? मैं तो वहाँ भी चौबीस घण्टे तुम्हारी ही सेवा में मगन रहता हूँ।"

"नहीं, पण्डित, सेवा करना चाहते हो तो मुझे भी अपने साथ वहीं ले चलो।"

"मैं तो इसीलिए आया हूँ भगवान।" पण्डित ने भगवान को फ्रेम वर्क से बिना तकलीफ़ उतारने के लिए अपने कोट की अन्दरूनी जेब से कोई छोटा-सा अमरीकी औजार निकाल लिया। "वहाँ पहुँच लो, दाता, फिर देखना, तुम्हारा ये तुच्छ भक्त कैसे वहीं एक वृन्दावन खड़ा कर देता है।" उसने तत्काल ऑपरेशन के लिए औजार उसकी ओर बढ़ाया।

"वृन्दावन छोड़ो, भक्त।" भगवान उसे बताने लगा। "अमेरिका में भी अमेरिकी बन कर न रहे तो क्या मजा?"

"न न भगवान।" वह अपने काम में जुट चुका था। "ग्रीन कार्ड तो तभी मिलेगा जब तुम अमेरिकियों को अपने मोर मुकुट में देखोगे।"

परन्तु वह अभी भगवान को उतार भी न पाया था कि वहाँ मन्दिर का पुजारी आ पहुँचा। शायद अपने सपने में मूर्ति चोरी का दृश्य देखकर सोते-सोते ही बिस्तर से उठ खड़ा हुआ और यूँ बामन ने बामन को धर लिया। भगवान? कुछ भी बीत जाता, उसे क्या, वह तो सोने का बना हुआ था। इसलिए जिसने किया वह पकड़ा गया और करनी वाला शान्त खड़ा रहा।

"बाबा–" मेरा सबसे छोटा बेटा सुरेश किसी विदेशी कम्पनी का रिसेप्शन ऑफिसर है। शायद वह लंच के लिए आया है या लंच कर के काम पर वापस जा रहा है।

"तुम आप ही आप मुस्कुराए क्यों जा रहे हो?"

"क्योंकि मुझे तनख्वाह के साथ मुस्कुराहट का मौका नहीं मिलता, बेटे।" मैंने उसे हँस कर जवाब दिया है।

"तुम तो लाजवाब कर देते हो, बाबा–अच्छा, मुझे ऑफिस को देर हो रही है। कुछ चाहिए?" जैसे उसे यकीन हो कि मुझे कुछ नहीं

चाहिए, वह मेरा जवाब सुने बिना उल्टे पाँव कमरे से बाहर चला गया है।

मैंने सारी उम्र इतना कुछ चाहा है कि अब हर इच्छा पर किसी बीती हुई इच्छा का भ्रम होता है—कोई नयी इच्छा?—नहीं, कोई इच्छा मुझे नयी नहीं मालूम होती। कोई भी इच्छा हो यही मालूम होता है कि वर्तमान काल को भूत क्रिया में जीने और अपने आपको दोहराने लगा हूँ—मेरी मुश्किल एक और भी है मैंने इतिहास पढ़ा कर अपना सारा जीवन गुज़ारा है। और स्पष्ट रूप से समझ चुका हूँ कि हर दौर में उसे एक इन्सान की इन्हीं इच्छाओं की बदौलत इतिहास क्योंकर अपने आपको दोहरा रहा है—हर दौर में इन्सान को अलग जरूरत लाहक़ होती है?—नहीं, आदमी की जरूरत हमेशा वही रही है और पेट में इन्हीं इच्छाओं का भँवर उठने पर कोई फिरऔन बेताबी सुल्ला उठता था? मैं ख़ुदा हूँ—हह-हह-हा! – जल्लादो मुजरिम का सर उड़ा दो—नहीं, ठहरो—यदि अब उसे तस्लीम है कि मैं ही खुदा हूँ तो उसे छोड़ दो! हह हह हा—!

आज? आज क्या अलग है?

नहीं!—तुम्हारा भगवान भगवान नहीं!—बोलो, केवल मेरा भगवान भगवान है। बोलो, वर्ना तुम्हारे पेट में यह छुरा घोंप दूँगा। नहीं—तो ये लो, जाओ अपने भगवान के पास!—हह हह हा!

बताओ, क्या अलग है? आप स्वयं भगवान बनने का कष्ट नहीं किया तो भगवान को ही अपनी इच्छाओं का पुतला बना लिया—हाँ, इसलिए तो उन्हें विश्वास है कि भगवान की सबसे बड़ी इच्छा यही है कि उसे किसी तरह अमेरिका का ग्रीन कार्ड मिल जाए।

"बात क्या होती है बाबा और तुम उसे कहाँ उड़ा ले जाते हो?" मेरी बड़ी बहू अक्सर शिकायत करती है। "इसीलिए आप से कोई बात करना सम्भव नहीं।"

केवल बड़ी बहू ही क्यों? घर के दूसरे वयस्कों से भी मेरा केवल हेलो, हेलो तक ही सम्बन्ध है। वह इतना भी न करें तो मैं क्या कर सकता हूँ?

परन्तु मुझे अख़बार पढ़ने के अतिरिक्त और करना ही क्या है?

मैं अख़बार पकड़ कर फिर उसे पढ़ने लगा हूँ।

आज पहले पृष्ठ पर भगवान के नाम के अतिरिक्त और कुछ है ही नहीं। सारी खबरें उसी की हैं। और तो और एक इश्तेहार में भी लोगों से दर्द भरी अपील की गयी है कि सारे देश से एक-एक रामसेवक रामजन्म भूमि मन्दिर के लिए एक-एक ईंट लिये जान की बाज़ी लगा कर भी अयोध्या पहुँच जाए।

ए राम!

मुझे क्या पता, राम मेरी पुकार पर वाल्मीकि के पन्नों से उठ कर चला आएगा?

बोलो भक्त!

मैं क्या बोलूँ? तुम ही बताओ।

मैं क्या बताऊँ, भक्त? तुमने याद किया है, तुम ही बोलो।

मेरा चिंतन इतना छोटा पड़ गया है जो करोड़ों ईंटों का घर बनाने पर अड़ गये हो? बताओ, रामा!

मैं क्या बताऊँ भक्त? अपने आप से ही पूछो।

मैं अपने आप से पूछता रह गया हूँ और भगवान यह जा, वह जा। मैंने सिटपिटा कर नजरें अख़बार में अटका ली हैं। ठीक बीच में हाशिया के अन्दर एक सुर्खी है, कश्मीर के पहाड़ों में आतंकवादियों ने एक पूरा गाँव साफ कर दिया है, और सुर्खी के नीचे लिखा है : केवल बीस जख्मी बचे जिन्हें नीचे वादी के अस्पताल में दाखिल कर दिया गया है–

मैं अपने आपको बताने लगा हूँ कि यूँ तो उस गाँव में कश्मीरी पण्डितों और बनियों और मुसलमान किसानों के बीस-पच्चीस घरानों की ही रिहाइश थी, परन्तु दो जहाँ की जिन्दगी की रेल-पेल यहाँ सिमट आयी थी। उदय पर बड़े पर्वत की ललकार सुनते ही सभी दूसरे छोटे-बड़े पहाड़ धुन्ध और अँधेरें से निकल कर गाँव के इर्द-गिर्द ठीक अपनी-अपनी जगह अचल नज़र आने लगते और सूरज पहाड़ों में कबड्डी शुरू हो जाती और उस समय तक जारी रहती जब तक सूरज पहाड़ों के घेरे में बेबस होकर हार न मान लेता, और फिर सारा गाँव, गाँव के फलों से लदे हुए पेड़ और उन पेड़ों की चोटियों पर नस्ल

वृद्धि की सारी सहूलियतों का सामान किए, भाँति-भाँति के पंछी और पंछियों के सरों पर कान धरे हुए केसर और गेहूँ के खेत और खेतों के कच्चे और ऊँचे-नीचे किनारों पर एक ओर क़हक़हाखीज़ लोटनियों में गिरते हुए झरने और दूसरी ओर बसे-बसे पालतू जानवर और जानवरों से भी पालतू इन्सान और उन्हीं के आस-पास घास-फूस में छुप-छुप कर खेलते हुए अनगिनत कीड़े-मकोड़े—यहाँ तक कि गाँव के सभी बासी अपना हर दिन सूरज पर पर्वतों की जीत को एक साझे त्योहार की तरह मनाने के अन्दाज में शुरू करते। उस गाँव का नाम भी ज़माने के मुताबिक था, जन्नत—हिन्दू और मुसलमान यहाँ मिल-जुलकर रह रहे थे। दूसरों को छोड़िए, मस्जिद के मौलबी साहेब को भी, खुदा की इस छोटी-सी जन्नत में हिन्दुओं के स्थायी ठहराव पर कुछ भी एतराज़ न था।

"अरे भई, अल्लाह की ये जन्नत उसके सभी बन्दों के लिए है।" वह मुसलमानों से कहा करते। "उनके हिस्से की नमाज़ें भी तुम ही पढ़ लिया करो।" फिर वह प्रार्थना वाले अन्दाज़ में अपने दोनों हाथ ऊपर उठा लेते—"अल्लाह के रहम का कोई हिसाब नहीं। एक के कारण अल्लाह दूसरे को भी माफ़ कर देता है।"

जन्नत के जिन ज़ख्मी लोगों को श्रीनगर के अस्पताल में दाखिल किया गया, उनमें मुहम्मदू मियाँ भी था। मुहम्मदू मियाँ के दोनों जवान लड़के, बहुएँ, विधवा बेटी, पोते-पोतियाँ सभी आतंकवादियों की गोलियों की भेंट हो गये थे और वह भी अस्पताल में आखिरी साँस ले रहा था, गोलियाँ लगने से पहले वह अपने ध्यान में गाँव के अकेले बाजार में खड़ा गुड़ खरीद रहा था और अपने उम्र के बनिए से मज़ाक कर रहा था, "क्यों मेरे उधारी बनते हो गंगू खूसट? हमारे दिन अब मौत से डरने के हैं।"

"इसीलिए तो मैं तौल में डंडी मार रहा हूँ मुहम्मदू मियाँ। मर के भी तो हम दोनों को उसी जन्नत में आना है। चार पैसे होंगे तो तुम्हारे दाना-पानी का बन्दोबस्त भी मैं ही कर दिया करूँगा।"

जवाब में अभी मुहम्मदू मियाँ को हँसने की इच्छा ही हुई थी कि उन दोनों पर गोलियाँ बरस पड़ीं।

मुहम्मदू मियाँ की हालत इस समय ठीक नहीं है और उसे ऑपरेशन-थिएटर लिये जा रहे हैं और उसके ज़ख्मी साथियों ने अभी से सोच लिया है कि मुहम्मदू मियाँ बेचारा गया और उनमें से एक के मुँह से निकला है, बड़ा मस्त आदमी था, सीधा जन्नत में जाएगा।

और मुहम्मदू मियाँ अपनी आधी बेहोशी में हड़ा बड़ा उठा है। नहीं! नहीं! खुदा के लिए मुझे वापस जन्नत में मत भेजो। मत भेजो!—और उसके कानों में गोलियों की कड़कड़ बौछार होने लगी है और अब के वह उसी क्षण ढेर हो गया है।

उसी दौरान मेरी पोती आसो दौड़ती हुई मेरे कमरे में आ निकली है और मुझे देखकर ठिठक गयी है—"रो रहे हो बाबा?"

इसे क्या मालूम, मुहम्मदू मियाँ ने अभी-अभी किस हालत में मेरी आँखों के सामने दम तोड़ा है।

"कहीं दर्द हो रहा है बाबा?"

"हाँ, आसो।"

"कहाँ?"

"यहाँ, दिल में।"

वह मेरे करीब आकर अपने छोटे से हाथ से मेरी छाती सहलाने लगी है।

"अपना ख़याल रखा करो बाबा?"

"हाँ आसो।"

"हर समय, अख़बार मत पढ़ते रहा करो।" उसने समझाने वाले लहज़े में कहा।

"अब ठीक है?"

"हाँ आसो।"

"तो मैं चलती हूँ।" वह दरवाज़े की ओर दौड़ी है।

"मुझे खेलने जाना है।"

मैं उसकी पीठ पर दो छोटी-छोटी चोटियों को ज़बान निकाल कर चिढ़ाते पाकर हँस दिया हूँ और घुटनों से सरकता हुआ अख़बार सँभालने लगा हूँ। आखिरी कॉलम में ऊपर ही एक ख़बर है कि मुसलमानों के एक गिरोह ने अचानक कहीं हल्ला बोल दिया

है—कारण?—कारण बस यही था कि जब हम उन्हें मुसलमान नहीं समझते तो उन्हें क्यों ज़िद है। लेकिन सुनिए, एक बार मेरे एक पुराने शरीककार ने बड़ी अपनाइयत से मुझसे कहा, "प्रोफेसर साहब, यदि मुझे आपका नाम मालूम न होता तो मुझे यही ख़याल गुज़रता कि आप भी मेरी तरह मुसलमान हैं।"

"आपको यह ख़याल गुज़रता तो मेरे लिए इस से बढ़कर और क्या सम्मान था?" मैंने ख़ुश होकर उसे जवाब दिया। "आदमी असलन अपना नाम तो नहीं होता।"

हमने एक-दूसरे को इस तरह गले लगाया जैसे कोई भी रोजा न छूटने पर रोज़ादार ख़ुदा का शुक्र अदा करते हुए ईद मिल रहे हों।

मैंने अख़बार की ख़बर को एक बार फिर पढ़ा है और ख़बर की ओट में ही चल-चल कर ठीक वहाँ जा पहुँचा हूँ जहाँ हमला हुआ था। जले हुए मकानों के मलबे से गुज़रते हुए मेरा एक सफ़ेद दाढ़ी वाले बुज़ुर्ग से सामना हो गया है जो शायद सदमा बर्दाश्त न कर पागल हो चुका है और वहाँ कुछ ढूँढ़ रहा है।

"अस्सलामोअलैकुम मौलाना।"

"वअलैकुमुस्सलाम।"

उसने आगे बढ़ना चाहा है।

"ठहरिए, आप कुछ ढूँढ़ रहे हैं?"

"हाँ, मैंने चप्पा-चप्पा छान मारा है।" उसने फरियाद करने के अन्दाज़ में कहा—"वह सब कुछ ले गये हैं, उसे भी।"

मैंने सर से पाँव तक जिज्ञासु होकर पूछा है। "किसे।"

"एक उसे छोड़ जाते तो हम फिर अपने पैरों पर खड़े हो जाते, वही सब कुछ ठीक-ठाक कर देता।"

"परन्तु वह है कौन मौलाना?"

"हमारा ख़ुदा!" मौलाना जवाब देकर अपनी धुन में आगे बढ़ गया है।

और मैं अपनी धुन में चल कर अख़बारी ख़बर की ओट में लौट आया हूँ और फिर वहाँ से निकल कर अपने अस्तित्व में, और सोच रहा हूँ, क्या ज़माना आ गया है! लोग ख़ुदा को भी लूटमार की गठरी

में लपेट कर चलते बनते हैं। उसका क्या करते होंगे? बेच देते होंगे। लूट का माल है, खरीदने वाले ने जो भाव लगा दिया वही सही, फिर अपनी विजयी की निशानियों में उसे भी सजा कर रख देते होंगे, ताकि उन्हें ख़ुदा से भी बड़ा समझा जाए, उन्हीं को खुदा तस्लीम कर लिया जाए—मुझे सचमुच बड़ी कुरेद लगी हुई है कि वह लूटे हुए खुदा से क्या काम लेते होंगे।

हमारा नौकर रामकृष्ण चाय का ट्रे लिये मेरे पास आ रहा हैं।

''लीजिए बाबा, गर्म-गर्म चाय पी लीजिए।'' ट्रे मेरे सामने मेज़ पर रख कर वह प्याले में चाय डालने लगा है। ''बड़ी बीबी का हुक्म है। बाबा, मैं आपके साथ बातों में न उलझ जाऊँ।'' उसने प्याला मेरी ओर बढ़ाया है...''ये लीजिए और मुझे छुट्टी दीजिए।''

''अरे भई, जल्दी क्या है?'' मैं उससे दो बातें न कर लूँ तो मुझे चाय फीकी लगती है। तुम राम भी हो और कृष्ण भी, रामकृष्ण।'' मैंने अपनी सोच पर हँस-हँस कर उससे पूछा है। ''कभी-कभी तो तुम्हें ज़रूर लगता होगा तुम ही भगवान हो।''

''मैं तो आपका नौकर हूँ, बाबा!''

मेरा माथा ठनका है और मैं जोर-जोर से हँसने लगा हूँ—यही तो बात है। भगवान न हो तो हमारे घर-बाहर के सारे काम कौन करे? धन्य हो भगवान!—मैंने चाय का प्याला मेज़ पर रख कर उसकी ओर अपने दोनों हाथ जोड़ लिए हैं—धन्य हो!

रामकृष्ण घबरा कर दरवाज़े की ओर पलट गया है। मैंने वैसे ही हँसते हुए चाय का प्याला उठा लिया है और प्याले को मुँह से भी नहीं लगाया है कि आसो फिर चहकती हुई दाखिल हो गयी है।

''हँस रहे हो, बाबा?''

''हाँ, आसो।'' वह मेरी गोद में आ बैठी है तो मैंने प्याला फिर परे रख दिया है।

''गुदगुदी हो रही है?''

''हाँ, आसो।''

''कहाँ?''

''दिल में।''

"हँसते रहो, बाबा।" चिड़िया फिर दरवाज़े की ओर उड़ी है। "मैं देखने आयी थी तुम अभी तक रो तो नहीं रहे।"

मैंने जल्दी-जल्दी चाय ख़त्म की है और फिर अख़बार ले लिया है। आज सचमुच सारा अख़बार ईश्वर के नाम से भरा हुआ है। और एक ख़बर है कि पंजाब में एक सिक्ख खानदान के लोगों को इसलिए गोलियों से भून दिया गया कि ख़ानदान का प्रबन्ध कर्ता अपने धर्म के नौजवानों को समझाता फिरता था कि नरसंहार छोड़ दें। सारे ख़ानदान में बस एक लड़की बची जिसने जब बेहोशी से आँख खोली तो अपनी याददाश्त खो चुकी थी।

"अमर कौरे।" कुछ बुज़ुर्गों ने जब बड़े दर्द भरे लहजे में उसे मुख़ातिब किया तो वह इधर-उधर देखने लगी कि अमर कौरे कौन है।

ख़ुदा का शुक्र है कि उसे मालूम न था कि वो ही वह है, वर्ना उसे सारी ज़िन्दगी अपनी मौत जीना पड़ जाती।

मुझे यक़ीन नहीं आ रहा कि मौत किसी का वर्तमान और भविष्य उसके लिए छोड़ जाए और केवल उसका अतीत लेकर चलती बने। मैंने भी अपनी तसल्ली की ख़ातिर उसे मुख़ातिब किया है। "अमर कौरे!" और वह हमदर्दी के कारण मेरी ओर खिंच आयी है और मुझ पर तरस खा-खा के सोच रही है कि बूढ़ा शायद अपनी पोती को खोकर हमेशा के लिए पागल हो गया है और अब सभी लड़कियाँ उसे वही दिखाई देती हैं। उसने मेरा हाथ बड़ी नर्मी से अपने हाथों में ले लिया है। "बाबा!" अरे मेरी शौकी इतनी छोटी-सी थी, मेरे देखते ही देखते कितनी बड़ी निकल आयी है! उसे मैं अपनी गोद में कैसे बैठाऊँगा? मेरी उलटी-सीधी तोतली कहानियों से उसका दिल क्योंकर बहलेगा?—शौकी बिटिया!—अमर कौरे रहम और अफ़सोस के मिले-जुले जज़्बे से सर हिलाती हुई मेरा हाथ थपथपाने लगी है। और मैं जूँ का तूँ झुर्रियों से कटा-फटा मुँह लिए खाँस-खाँस कर जैसे अचानक पहली और आखिरी बार बिना माँ पैदा हो गया हूँ। और मेरे कोई नहीं। सबसे कटा हुआ अकेला मैं ही हूँ। मुझे किसी माँ ने दूध नहीं पिलाया तो मैं किसी से मुहब्बत क्योंकर करूँगा? कोई भाई-बहन

नहीं, मैं किस पर नाज़ करूँगा?—मैंने किसी से इश्क़ नहीं किया, मेरे बच्चे और मेरे बच्चों के बच्चे क्योंकर पैदा होंगे?—मेरा अतीत नहीं—मेरा भविष्य क्योंकर होगा?—नहीं अमर कौरे! तुम्हें मालूम नहीं तुम मर चुकी हो—तुम्हें क्या मालूम, तुम्हें भी मार दिया गया था और तुम केवल अपनी मौत के जिए जाने के लिए जिन्दा हो—ज़िन्दगी क्या होती है? तुम्हें क्या पता? अमर कौरे?—मैं अमर कौरे पर तरस खाए जा रहा हूँ और अमर कौरे मुझ पर, और ऊँघ-ऊँघ कर जब मेरी आँखें खुलती हैं तो अख़बार नीचे फ़र्श पर गिरा हुआ है। जिसे मैंने उठा लिया है।

"बाबा!—बाबा!—"

मोहना मेरा सबसे चहेता पोता है। रसोई घर में मेरी कोई मनभाई वस्तु पके तो वह उसी समय उसे चुरा कर मेरे लिए ले आता है।

"ये देखो, बाबा!" उसने जेब में ठुँसी हुई काग़ज़ की पुड़िया निकाल कर खोली है और दो गर्म-गर्म बड़े मेरे सामने रख दिए हैं।

"एक तुम खाओ, बिटिया, एक मैं खाता हूँ।"

"नहीं, दोनों तुम ही खा लो।"

"नहीं, एक तुम, एक मैं।"

हम दोनों ने बड़ों की ओर हाथ बढ़ाए हैं। इसी बीच में आसो अचानक आ धमकी और हमें देखकर दरवाज़े पर तालियाँ पीट-पीट कर शोर मचाने लगी है—पकड़ लिया!—पकड़ लिया!—और मोहना अपना बड़ा झपट कर उसके पीछे भागते हुए बाहर निकल गया है और मैं अपने बड़े को मुँह में घोलते हुए अपनी स्वर्गीया पत्नी के बारे में सोचने लगा हूँ। जिस दिन वह मेरे लिए बड़े तैयार करती, उस दिन खूब सजी-बनी होती, क्योंकि वह जानती थी कि उस दिन मैं उसे बार-बार प्यार से देखता हूँ। अख़बार फिर नीचे फर्श पर गिर पड़ा है। मैंने एक ठंडी साँस भर कर उसे उठाया है और जैसा कि मेरे साथ कई बार होता है, जो कुछ अख़बार में लिखा है उसकी जगह कोई पुरानी ख़बर फ़र्र-फ़र्र पढ़ने लगा हूँ। किसी बिहारी क़स्बे की एक अछूत कन्या के बनाए हुए कच्ची मिट्टी के बावे की ख़बर है जिसे कन्या की जात वालों ने भगवान मान कर स्थापन कर लिया था और

जिसके पास आकर कोई भी सवाली बेमुराद न लौटता था।

ये अछूत कन्या, रूपमती, कोई पन्द्रह-सोलह साल की अनपढ़ छोकरी थी, परन्तु जब वह अपनी सरल बातें करना शुरू करती तो उसके मुँह से जैसे गंगा फूट पड़ती, जो चाहता धारे में बैठ कर अपनी जन्म-जन्म की मैल धो लेता। ग्यारह वर्ष की उम्र में वह प्रति दिन हर समय बस्ती के बड़े मन्दिर के दरवाज़े पर खड़ी रहती और ऊँची जात के कार सेवक ये समझ कर कि वह पेट की आग बुझाने के लिए आयी है उसे डाँट-डपट कर पंक्ति में खड़ा होने के लिए कहते और उसकी पारी आने पर झोली में बचा-खुचा प्रसाद डाल देते।

रूपमती उन दिनों रूपा कहलाती थी। इस मिट्टी रंगी मैली-कुचैली बाला ने सुन रखा था कि मन्दिर के भगवान का बदन चाँदी का है और उसके कानों में सोने की बालियाँ हैं और सर पर सच्चे मोतियों का मुकुट और–

और जाने हो, कम्मो? रूपा छोटी-सी थी परन्तु जिनके बारे में कोई दिन-रात सोचता रहता है वह आप ही आप उसके दिलोदिमाग पर हू-ब-हू खिंच आता है। "जाने हो, भगवान के चार हाथ होवें। दो ऊपर उठे होवें और दो सामने भक्तों की तरफ।"

"तुम उसे अन्दर जा के देख लिए हो रूपा?"

"नाहीं, कम्मो, माटी मिला बामन मन्दिर की दहलीज पर ही धुतकार देते हैं।"

"भगवान–"

"भगवान को का पता, कौन बाहर होवे, नाहीं तो स्वयं चल के आवे। हाँ!"

"कैसे चल के आवे? चाँदी का बदन चले थोड़ा ही।"

एक दिन इन्तजार की क्षमता न लाकर रूपा कार सेवक के कदमों पर गिर गयी।

"बस एक बार भगवान के दरसन करवा दियो महाराज।"

"चल हट!" कार सेवक ने उसे धक्का देने के लिए हाथ बढ़ाया। परन्तु ये सोचकर रूक गया कि इसे छूकर फिर नहाना पड़ जाएगा।

अन्ततः छोकरी की समझ में आ गया कि मोतियों के भगवान का उससे क्या नाता? इसीलिए उसने कच्ची और सुगंधित मिट्टी को पानी में गोंध-गोंध कर आदम ज़ात के गोश्त की तरह नर्म कर लिया और फिर उसमें अपना प्यार और ध्यान फूँक-फूँक कर अपनी उँगलियों की पोरों से भगवान 'नक़ूश' को मूर्ति की गोलाइयों में उतारती चली गयी और मूर्ति के तैयार होते ही उसने अपने भगवान को पहचान लिया, हाँ, यहीं तो होवे है!—फिर उसने कई दिन सुबह की हल्की-हल्की धूप में उसे सुखाया और अपनी झोंपड़ी के एक सुरक्षित कोने को साफ़ कर के उसे वहाँ सजा कर रख दिया, और फिर जैसे भी कुँवारी प्रेमिका के मन में आया वैसे ही वह पाठ पूजा में इतनी मगन हो गयी कि उसे पता भी न चला कि उसके साँसों से मिट्टी के पुतले में कब जान पड़ गयी। उसके बाद?—उसके बाद होते-होते जो गँवार लड़की अपनी नाक साफ़ करना भी न जानती थी वह कुछ ही वर्षों में अपने प्रेम से दीवानी हो-हो कर बे-पुस्तक महापण्डित हो गयी और शुरू में उसकी झोंपड़पट्टी से, फिर सारी बस्ती से और फिर दूर-दूर से लोग रूपमती के मन्दिर में अपने पाप धुलाने और मुरादें पूरी करवाने आने लगे।

जो हुआ इसे होना ही था। ऊँची जात के लोगों को रूपमती के मन्दिर की रौनक खलने लगी और जब उनकी और कोई चाल न चली तो मौका पाकर एक रात उन्होंने रूपमती का मन्दिर तहस-नहस कर दिया बल्कि आस-पास सारी झोंपड़पट्टी को भी आग के शोलों में झोंक दिया। उनके चाँदी के भगवान से इतना भी न हुआ कि जरा मुँह खोल कर उन्हें रोक देता, परन्तु उस बेचारे का भी क्या दोष? चाँदी का भगवान था, बोलता क्योंकर? जान केवल कच्ची मिट्टी में होती है, इसीलिए जानदार धड़क रहा था। मूर्ख पण्डितों ने उस जीते-जागते भगवान को इतनी बेरहमी से मौत के घाट उतारा जैसे वह भी उन्हीं तुच्छ लोगों में से हो। उसका सर शरीर से अलग था और हाथ-पैर कट कर इधर-उधर बिखरे पड़े थे और जिन्होंने देखा उनका कहना है कि उसके खून से—सचमुच के खून से झोंपड़ी का कच्चा फ़र्श लथपथ हो गया था और एक कोने में बैठी रूपमती खून

पर एकटक नज़र बाँधे हुई थी और उसका सर कुल्हाड़े के वार से फटा हुआ था और आँखें सफ़ेद पड़ चुकी थीं और साँस डूब चुकी थी और अस्तित्व अकड़ कर मिट्टी हो चुका था, केवल उसका बुत वहाँ था, वह आप न जाने कहाँ—

मैं फिर ऊँघ रहा हूँ और धुआँ-धुआँ वध स्थल में घूम रहा हूँ और तिलकधारी कातिलों से हाथ जोड़ कर मिन्नत कर रहा हूँ—नहीं, इस बालक ने तुम्हारा क्या बिगाड़ा है?—नहीं, इस अबला की जान मत लो!—नहीं, तुम जिसे भी मारोगे अपने भगवान ही को मारोगे, भगवान को तो छोड़ दो!—छोड़ दो!—

खोदू बाबा का मक़बरा

खोदू बाबा और शाम उस झोंपड़पट्टी में आगे पीछे दाख़िल हुए। शाम तो आप ही आप साया-साया आगे बढ़ गयी और खोदू बाबा को देख कर एक पला हुआ कुत्ता जैसे ये कहने के लिए मौका कि मेरे पीछे-पीछे आओ और उसके आगे-आगे हो लिया और छोटी-छोटी झोंपड़ियों के बीचों-बीच कई तंग रास्तों से गुज़र कर उसे एक झोंपड़े के दरवाज़े पर ला खड़ा किया। बाबा ने शायद अपने आप से कुछ कहने या झोंपड़े वाले को बुलाने के लिए आवाज़ लगाई, हक़, जिस पर ख़फ़ा हीकर कुत्ता भौंकने लगा। वाहू!—वाहू—चौधरी को बुलाना, न बुलाना मेरा काम है बाबा!—वहूँ!—

"सुन लिया है, बन्धु, सुन लिया है" रखा चौधरी अपनी शलवार ऊँची करते हुए झोंपड़े से बाहर निकला और उनकी ओर आते-आते शलवार के नारे में ढील महसूस करके इसे कसने के लिए रुक गया। "किसे पकड़ लाए हों?" उसकी नाक में शायद कुछ फालतू छेद थे, जिनसे उसकी आवाज लीक हो-हो कर जब तब 'न' में भर जाती थी, "हर किसी को बाप बनां के ले आते हों। मैं किंस-किंस कों घर दूँ?—बोलों!"

बन्धु कुत्ता बिदक कर थोड़ा पीछे हट गया और खोदू बाबा की ओर सर उठाकर गुर्राया, "बोलो!"

परन्तु बाबा ख़ामोश खड़ा रखे चौधरी को घूरता रहा।

"ऐसे घूर के क्यों देख रहे हों, बाबां?" चौधरी घबराकर मूँछों को ताव देने लगा, "मैं कोई और नहीं, मैं ही हूँ।"

"नहीं खोदू।" खोदू बाबा ने अपनी घनी दाढ़ी में से मुँह खोला, "खोदू को क्या मालूम, खोदू कौन है?"

चौधरी को गुस्सा आने लगा, "मेरा नाम खोदूं नहीं, बाबाँ।"

चौधरी अभी अपना गुस्सा उतार भी न पाया था कि बाबा ने फिर आवाज़ लगाई "हक़!" और एक पत्थर उठा कर उसके पैरों की ओर दे मारा।

"अरे-रे!" चौधरी पीछे उछल गया और फिर अपने सामने एक कुचले हुए बिच्छू पर नज़र पड़ने पर खड़ा रह गया—"बाप रे!" जिसे वह कोई फ़क़ीर समझ रहा था वही अब उसे कोई 'वली' दिखने लगा, "झुग्गी चाहिए, बाबां? ज़रूर दूँगा, औरों से सिंगल झुग्गी की ज़मीन के पूरे पंच ऊपर पंच सैंकड़े, परन्तु तुम पंच ऊपर दोन सैंकड़े भी दे दूँ तो चलेगां।"

"मेरे हाथों नाहक़ एक खून हो गया खोदू।" बाबा को इत्मीनान भी था कि चौधरी का बचाव हो गया है। और अफ़सोस भी, कि बिच्छू कुचला गया है।

"मेरां नाम।" चौधरी ने बाबा को बताना चाहा कि उसका नाम खोदू नहीं है, परन्तु उसने स्वयं को रोक लिया, 'बिच्छूँ को मारने का दुख काहे कां, बाबां? जों काटताँ है उसे मारनां ही अच्छा है।"

"बिच्छू भी कहते हैं, जो मारता है उसे काटना ही अच्छा है।"

इसी बीच बन्धु को न जाने क्या सूझी कि वह बाबा के पैरों पर लोटने लगा।

"अरे भागों, कुत्ते की औलाद!" रखा चौधरी एक हाथ ऊपर करके उसकी ओर बढ़ा, "जाओं अपनी चौंकीदारी करों।"

परन्तु खोदू बाबा ने झुक कर प्यार से कुत्ते की पीठ थपथपाई, और अपना सर ऊपर उठाने से पहले ज़मीन से मिट्टी की मुट्ठी भर कर अपने सर में डाल ली।

रखा चौधरी पहले तो उसे आश्चर्य से देखता रहा, और फिर ये ख़याल आने पर उसने आस्था से अपने दोनों हाथ सीने पर बाँध लिए कि ये तो वाकई करामती बाबा है—

"बाबां, तुम कहाँ पंच ऊपर दोन सैंकड़ों का बोझ उठाए फिरते

होंगे? पर कोई बात नहीं'' वह फिर अपना नारा कसने लगा। ''अन्दर आओं और मुझसे ये सारे पैसे वसूल करके मेरे ही हाथ में थमा दों।'' वह खी-खी हँस रहा था। ''बांत ये है कि चौधरी मुफ़्त में जान दे दे तों दे दे, पर झुग्गी नहीं देता—आओं, बाबाँ, अन्दर आं के बिराजों।''

चौधरी बँधे हाथों अपने दरवाज़े की ओर मुड़ कर बन्धु की तरह दुम निकाले खोदू बाबा के आगे-आगे हो लिया, और खोदू बाबा उसके पीछे-पीछे, और उनकी पीठ पर बन्धु अपनी पिछली टाँगों पर खड़े होकर अगली को अपने मालिक की तरह सीने पर बाँधने का प्रयास कर रहा था और अपनी कोशिश में नाकाम होने पर गले से कुछ ऐसी भौंक पैदा करता था जैसे हक़ की आवाज़ लगा रहा हो।

झोंपड़े के अन्दर पहुँच कर रखे चौधरी ने अपने हाथों बनाई हुई शराब से बाबा की ख़ातिर करनी चाही। उसने सोचा कि पहुँचा हुआ फ़कीर है। चौथे या पाँचवें आसमान का बासी तो होगा ही। आँखें और ऊपर चढ़ जाएँगी तो आप ही आप सातवें आसमान में जा पहुँचेगा। और मुझसे पूछेगा। हक़! माँगों, खोदूं क्या माँगते हों? वह मन ही मन में खोदू बाबा से माँगने लगा—और क्या माँगने कां है बाबा? राम चरण की जोरूं रोज़ मेरी जलेबियाँ खां के भी हत्थे नहीं चढ़ रही। बस वह राम हो जाए तों अपनां बोलबालां!—परन्तु जब उसने शराब का गिलास खोदू बाबा के सामने रखा तो बाबा ने 'हक' का नारा बुलन्द करके उसे फ़र्श पर पटक दिया और ऐसा करते हुए उसका हाथ जख्मी हो गया, और फिर हथेली के खून को दाढ़ी से साफ करते हुए वह वहाँ से उठने लगा था कि चौधरी उसके कदमों पर गिर पड़ा और दिल ही दिल में रामचरण की जोरू को कोसने लगा कि वह सीधे-सीधे बस में आ जाए तो उसे इस जोखम में पड़ने की क्या जरूरत है!

बाबा के कदमों पर गिरे पड़े चौधरी टूटे हुए गिलास की किर्चियाँ इकट्ठी करने लगा।

''जो माफ़ नहीं करता खोदू।'' खोदू बाबा फिर आराम से बैठ चुका था। ''वह भी उसी गुनाह का सज़ावार होता है जिसे वह माफ़ नहीं करता।''

चौधरी खुश होकर अलमारी से जलेबियों का लिफ़ाफ़ा निकाल लाया जिसे उसने रामचरण की जोरू के लिए रखा हुआ था। "जलेबियाँ खाओं बाबां।" वह सोच रहा था, वह आप तो साली अच्छा काम करती नहीं, मैं ही उसके लिए थोड़ां पुण्य कमां लूँ।

खोदू बाबा ने जलेबियों का लिफ़ाफ़ा हाथ से एक ओर कर दिया। "नहीं, खोदू, मीठा खाने वाला असावधानी के सपने का शिकार हो जाता है।"

"सपनें-असावधानीं! क्या खूब!"—चौधरी अपनी उँगलियाँ चूमते हुए जैसे खोदू बाबा के शब्द चूम रहा था।

"यदि हो सके, खोदू, तो ईश्वर के नाम पर सूखी रोटी खिला दो।"

चौधरी के पास बन्धु कुत्ते के लिए दो-तीन रोटियाँ रखी थीं, वह अपने आपको बताने लगा, एक दिन मैं नहीं दूँगा तो बन्धु कहीं और से मार लाएगा—वह कपड़े में लिपटी हुई रोटियाँ निकाल लाया और उन्हें बाबा के आगे रखकर पामी का गिलास लाने को उठा।

"केवल एक" बाबा ने एक रोटी निकाल कर हाथ में ले ली, "क्या मैं तुम्हारे बन्धु का हक तो नहीं मार रहा?"

"तुम तो जानी जान हों बाबां। थोड़ा रुक जाओं तो मैं घड़ी भर में ताज़ा रोटियाँ बनाये देता हूँ।"

"नहीं, ताज़ा बन्धु के लिए बना लेना, खोदू।"

खोदू बाबा खुदा का शुक्र अदा करके मुँह में पहला लुक़मा डालने लगा।

"रोटी पर जरां-सा नमक ही डाल लों, बाबां।"

"हाँ, खोदू, थोड़ा नमक ज़रूर दो।" बाबा पहली बार हँसा तो चौधरी को लगा कि उसके झोंपड़े में उजाला हो गया है, "ताकि नमक हरामी के ख़ौफ़ से तुम्हारा एहसान सदा याद रहे।"

"नां, बाबां, ऐसां मत कहों।" बाबा के सामने नमक डिबिया रखते हुए चौधरी को अपने लज्जापन पर प्यार आने लगा था।

बाबा ने पानी का घँट भरते हुए उसकी ओर घूर कर देखा जैसे वह अपने पीछे भी बैठा हो। चौधरी ने घबरा कर अपने इत्मीनान के

लिए सर मोड़ लिया।

"किसे देख रहे हो खोदू?"

"जिसे तुम देख रहे हों बाबाँ, परन्तु मैं तो यहाँ हूँ।"

"यहाँ भी कहाँ हो खोदू?" बाबा शायद 'सरल' नज़र आने के लिए अपनी रोटी पर नमक छिड़कने लगा।

"बाबां की बाबां ही जाने।" स्वयं को समझाकर चौधरी बाबा से पूछने लगा। "बाबा, एक बांत बताओगे? तो मुझे खोदूं क्यों बोलते हो?"

"क्योंकि मैं भी खोदू हूँ" अपना लुक़मा हलक़ से उतार कर बाबा ने जवाब दिया, "अपने नाम के सिवा मेरे पास है ही क्या, जो किसी को दूँ? सो जो है, सभों को वही दे देता हूँ, यही एक अपना आप।"

चौधरी का जी चाहा कि बाबा को खाने से रोक कर पहले उसकी उँगलियाँ चूम ले। "बाबां, इधर कई झुग्गियाँ खाली हैं। जिस पर भी उँगली रख दूँ, वह तुम्हारी एक छत तों बहुत ऊँची है, बहुत हवांदार है।"

"नहीं, मुझे सब से ऊँची छत चाहिए, आसमान की छत खोदू।" बाबा ने रोटी खत्म कर के हाथ दाढ़ी से पोंछ लिए। "मुझे कोई झुग्गी-भुग्गी नहीं चाहिए। थोड़ी-सी खुली जगह दे सकते हो तो टिक जाऊँगा।"

चौधरी ने ठान ली कि झुग्गियों से थोड़े फासले पर बाबा को वह चबूतरा दे दूँगा जहाँ से कब्रिस्तान शुरू होता है उसकी नेकनीयती में स्वयं उससे भी चोरी-चोरी एक काइयाँ से मुस्कुराहट घुस आयी। इस तरह कब्रिस्तान की ज़मीन पर हाथ साफ़ करनां भी आसान हों जाएंगा।

हक़!—थोड़ी देर में थके-माँदे बाबा की आँखें मुँदने लगीं तो उसने वहीं बैठे-बैठे लेट जाना चाहा।

"ठहरो, बाबां। मैं चद्दर बिछाए देता हूँ।"

"नहीं, मौत घड़ी भर की हो, या सदा की, कच्ची-मिट्टी पर ही होनी चाहिए। हक़!"

खोदू बाबा लेटते ही खर्राटे भरने लगा और चौधरी अपनी जेब से दिन भर की कमाई निकाल कर गिनने लगा ताकि इसे ठिकाने लगा के सोए—हक़!—पता नहीं बाबा की तरह आवाज़ लगाकर उसने अपने आप से क्या कहना चाहा।

2

रखे चौधरी ने अपनी झोंपड़-पट्टी के लोगों को पता नहीं क्या कहानियाँ घड़ कर सुनाईं कि आस्था मन्दिरों की भीड़ दूसरे ही दिन शाम को खोदू बाबा के चबूतरे पर जमा हो गयी। बाबा अपने चबूतरे पर ईंटों के तकिये पर पीठ टिकाये आधा लेटा था, और ऐसे मालूम होता था जैसे कोई मुर्दा क़ब्र की घुटन को बर्दाश्त न कर बाहर खुले मैदान में आ गया हो और अपने आस-पास बैठे हुए आश्चर्यचकित लोग उसे परछाइयों की तरह दिख रहे हों। उसने अचानक 'हक' का नारा लगाया जिसे सुन कर बहुतों ने अपने सर आसमान की ओर उठा लिए, मानो बाबा की आवाज़ वहीं कहीं से उतरी हो। कुछ लोगों ने उसके पहलू में अपने नज़राने रख दिये थे जिन पर उचटती निगाह दौड़ाते हुए उसे अख़बारी काग़ज़ से सर निकालती हुई एक सूखी रोटी दिखाई दी। उसने आगे झुक कर रोटी उठा ली और उसी क्षण खाना शुरू कर दिया, और जितनी देर में एक व्यक्ति दौड़ कर पानी का जग भर लाया, उसी दौरान उसने रोटी पेट में उतार ली।

"हक!" बाबा का मुँह अभी पानी से भरा हुआ था। उसकी आवाज़ के साथ ही जैसे कुदाल की चोट पड़ने पर जंगली झाड़ियों के पीछे क़ुदरती चश्मे की एक धार फूट आयी।

बाबा की दाढ़ी-मूँछों में जलथल हो गयी तो श्रद्धावानों की आँखें अपने पायँचे उठा कर बाहर निकल आयीं और बाबा फिर क़ब्रिस्तान की ओर पीठ कर के दूसरे नज़रानों पर झुक गया और पगड़ी उठा कर एक नंगे सर वाले को दे दी। लो। खोदू! और चादर, एक नंगे बदन वाले को, लो, खोदू—और गोरान शहद से भरी हुई शीशी, एक फीकी शक्ल वाले को, और जूते—उसने एक फटे पैरों वाले बूढ़े को बुलाया,

आओ खोदू, ये लो।

उस पर बुद्धुचमार उठ खड़ा हुआ, "पर हमार तो तुमार खातिर सघड़ा दिन खरच कर दिया, बाबा। ऐसा जादू का जूता बने है कि हर साइज को फिट पड़े।"

बुड्ढे ने जल्दी से जूते पहन लिए कि बुद्धुआ के कहने पर कहीं बाबा की नीयत न बदल जाए, और खुशी से काँपने लगा। "बाबा, मेरी बहू हमेसां कहे थी, फिकर काहे को करते हो बापू? मर जाओगे तो जूते पहनाकर ही भेजूँगी।" मालूम होता था जैसे बुड्ढा दीवानावार नाचना चाह रहा है।

हालाँकि आकाश बिल्कुल साफ़ था, फिर भी आसमान से दो-चार बूँदें उनके गालों पर आ गिरीं और उन्हें बड़ा आनन्द-सा महसूस हुआ।

बुड्ढे के बाद बाबा ने चौधरी को बुलाया।

"ये लो।" उसने अपने चबूतरे की मुट्ठी भर मिट्टी रखे चौधरी को दी। जो उसने वैसे ही अपने सर में डाल ली जैसे बाबा ने डाली थी।

बाबा को एक लिफाफा और नज़र आ गया जिसमें लड्डू रखे थे। वह शायद सोच रहा था, उसका क्या करे, कि मानो अपनी पीठ से उसे किसी की आवाज़ सुनाई दी। "अरे हाँ" वह पहले की तरह आगे पीछे को दायाँ-बायाँ बना के बैठ गया। "ये लड्डू तुम सब बाँट कर खा लो।" उसने लिफ़ाफ़ा बाईं ओर चबूतरे से गिरा दिया।

"इधर तों कोई नहीं बाबां।" चौधरी ने उस ओर झाँक कर कहा।

"तुम तो अक़ल के अन्धे हो, खोदू। मिट्टी को सर में अच्छी तरह मल कर देखो। वह एक बुढ़िया, दो जवान और तीन बच्चे कौन बैठे हैं?"

"कहाँ?"

"और मलो! जो कब्रों से निकल कर आते हैं वह आँखों से नहीं, सर से दिखते हैं।"

शायद सभों को अपने सरों से छहों मुर्दे कब्रिस्तान के किनारे

बैठे दिखने लगे थे। कुछ तो डर गये परन्तु खोदू बाबा के होते डर कैसा? इसलिए वह डरे-डरे भी बैठे रहे।

बाबा ने उन्हें बताया। "तुम सब भी तो इतने ही जिन्दा हो जितने अपने भ्रम में—बोलो, सही है या ग़लत?"

"पूरां सही, बाबां, पूरां सही!"

"मुर्दों से प्यार करें, खोदू, तो उनमें जान पड़ जाती है।"

"हाँ, बाबा।" वह फीकी शक्ल वाली औरत बोली जिसे गोरान शहद की शीशी मिली थी—उन्होंने ताजी हकीम मूझे बोले थे, मधु चाटोगी, भली लोक तों जी पड़ोगी।

इधर से दो-चार जवान हिम्मत कर के उधर कब्रिस्तान की ओर जा बैठे। "शाबाश! हमेशा इसी तरह मिल-जुल कर रहो, और बाँट कर खाओ।"

जब अँधेरा होने लगा तो चौधरी ने एक आदमी को दौड़ाना चाहा, कि लालटेन जलाकर ले आए।

"नहीं।" बाबा ने उसे टोक दिया। "इन्सान के अतिरिक्त किसी और जानदार को भी बत्ती जलाते देखा है, खोदू?" बाबा ने आसमान की ओर देखा, "ऊपर देखो। बत्तियाँ ही बत्तियाँ रौशन हो रही हैं। अब तुम जाओ।" उसने सभों से मुख़ातिब होकर कहा, "हक! हक!" उसने अपने आपको 'हवाले' करने के लिए लेटने से पहले ही आँखें मूँद लीं।

रखा चौधरी भी सब के पीछे-पीछे अपने झोंपड़े की ओर हो लिया। हौले-हौले चलते हुए उसने बैंड मास्टर और उसकी पत्नी की ओर देखा जो उसके आगे थोड़े फासले पर हाथों में हाथ डाले चले जा रहे थे। वह सोचने लगा। इसीलिए तो सालां बाजा बजातां है, तो आवाज़ आसमान तक जा पहुँचती है—उसे फिर अपनी चरणदास की जोरू का ख़याल आने लगा। बाबां ने ठीक कहां है, बांट कर खाओ। परन्तु चरणदास की जोंरू कोई खाने-पीने की चीज़ तों है नहीं, और हों भी, तो वह काबूँ में ही आने में नहीं आं रही। चरणदास कों खाऊं?—वह अपने आपको समझाने लगा कि वह उसे अपने दिल से ही निकाल दे। पर साल पहले दिल में कदम रखने पर राजी हों

तो निकालूँ भी—उसकी आँखों में बे-बे बसेरां की विधवा बेटी का चेहरा घूमने लगा—कितनी सीधी और दीनदार औरत है। क्यों न बे-बे से उसी कां हाथ माँग लूँ? देखा-देखी मैं भी रोज़े नमाज़ की आदत डाल कर सुधर जाऊँ। चालीस की है तो क्यां? मैं भी तो पूरे पच्चास कों पीछे छोड़ आया हूँ। वह बड़ी गम्भीरता से सोच रहा था। परन्तु एक बांत है। झूठ-मूठ ही सही, विधवा ने मेरा दिल जीता है तो वह भी चरणदास की जोरू की तरह बस नां-नां करती रहे—

हक!—उसने खुश होकर ज़ोर से बोल दिया।

3

अगले रोज फिर कई लोग खोदू बाबा के चबूतरे पर चले आये।

"री शैदाँ!" हिरणी ने अपनी पड़ोसन को आगे जाते हुए देख कर उसे तेज़ी से जा लिया, "तू भी इधल बाबा के मकबले पल आयी थी—क्या? तो मुझे भी अपने साथ ले लिया होता।"

"मुँह में खाक! मकबरा क्यों? बाबे का चबूतरा कहो।" वह जरा रुक कर चबूतरे की ओर देखने लगी। "दिखने में तो कोई मकबरा ही लगे है।"

"मैं तो कहूँ, शैदाँ, जे जो फकील हैं नाँ—क्या?—बड़े पहुँचे हुए लोग होते हैं।" हिरणी का आदमी कहा करता, मेरी औरत बातें क्या करती है किलकारियाँ मार-मार कर दिल मोह लेती है। मिल कर भी कपड़े झाड़ते हुए उठ खड़े होते हैं, और मलने को जी चाहे तो जिधल भी मन आ जाए उधल ही लेटे जाते हैं और आखिली साँस भलने लगते हैं—क्या?—"

खोदू बाबा के करीब पहुँच कर ये लोग चौकन्ने होकर ठहर गये।

अनगिनत भिड़ों की एक उड़ती छत बाबा के सर पर चली आ रही थी। घबराओ नहीं, खोदुओ, काटती नहीं।" वह बड़े चैन से मुस्करा रहा था। "हमारी तुम्हारी तरह भिनभिना कर खुश होती हैं।"

थोड़ी देर में भिड़ों की भिनभिनाती छत बाबा के सर से बहुत आगे उड़ गयी और लोग चबूतरे की ढलान के नीचे विराजमान हो

गये, कुछ इधर ही और कुछ-कुछ चबूतरे की दूसरी ओर क़ब्रिस्तान के किनारे, जहाँ खोदू बाबा ने कुछ मुर्दों को भी पहचान लिया। ''अरे तुम सब इधर ही क्यों घुसड़ बैठे हो, कुछ उधर उन लोगों के साथ जगह बना लो।''

बाबा और चौधरी की आँखें भी चार हो गयीं। ''क्यों चौधरी, मजे में हो?'' फिर उसके जवाब का इन्तजार किए बिना वह बोला, ''मजे में क्या खाक होगे, जो इतनी बड़ी छत के नीचे अकेले बसर करता है, उसे और चारा ही क्या है? कब्र में करवटें ले-ले कर जिस्म को घुमाता फिराता रहता है।''

''हम तो अपनी कब्रों में ऐसे सोए होते हैं कि हमें दुनियां जहाँ की ख़बर नहीं रहती।''

कोई बोला ही होगा जो बाबा ने उस ओर ताका ''मैं चौधरी का कह रहा हूँ, तुम्हारे तो करवट बदलने की जगह ही नहीं होती।''

''मैंने फैसलां कर लियां है बाबां।'' चौधरी कहने लगा। ''अगले मां ही अपनी शादी बनां लूँगा।''

''तुम से तो वही शादी करेगी चौधरी'' आज बेबे बशीराँ भी आयी हुई थी ''जिसने तुम्हारी नाक की धुनों में डूब मरना हो।'' सब हँसने लगे।

चौधरी का माथा ठनका कि कहीं यहाँ भी चिराग गुल न मिले, उसने दृढ़ निश्चय कर लिया कि वह कल दिन निकलते ही बशीराँ बे-बे की झुग्गी में गर्म-गर्म जलेबियाँ लेकर पहुँच जाएगा। दो-चार मीठी बातों में ही ढीली पड़ जाएगी। बाक़ी रह गयी उसकी विधवा बेटी सितारा, तो वह बेचारी गऊ की गऊ है। उसने इससे कहा कि कोई नाक से बोलता है या दाएँ या बाएँ कान से? शादी के बाद वह बे बे बशीराँ को भी अपने पास उठा लाएगा। बुढ़िया अकेली अपनी झुग्गी में क्या करेगी? यहाँ घर का काम-काज भी सँभाल लेगी। और उसकी झुग्गी—उसने सोचा, बड़े मौके की झुग्गी है। सामान सहित बेच देगा। झुग्गी की कीमत का अन्दाजा लगा कर वह बे-बे बशीराँ की विधवा बेटी को भी भूल गया। पंच ऊपर पूरे तीस सैकड़े—या फिर पंच ऊपर अटारह बीस सैकड़े तो किधर गये ही नहीं—उसकी आँखें

अचानक खोदू बाबा की आँखों से टकरा गयीं और उसे लगा कि बाबा ने उसके मन को टटोल लिया है और उसने तुरन्त ठान ली कि बे-बे बशीराँ की झुग्गी से जो रक़म वसूल होगी, उसकी पाई-पाई खर्च करके वह उसी चबूतरे पर बाबा की फ़र्स्ट क्लास क़ब्र बना देगा। बाबा की क़ब्र के सिराहने वह संगमरमर लगवाएगा जिसपर बाबा के नाम अपने शायर दोस्त सूरज नारायण ज़ख्मी से फड़कते हुए शेर लिखवा के खुदवाएगा—दिल ही दिल में सारी स्कीम तैयार कर के वह मुस्कुराने लगा। और उसे वैसे ही देखते हुए बाबा भी, मानो उन्होंने उस समय एक ही सोच सोची हो।

खोदू बाबा के दर्शनों के लिए आज पण्डित मुरलीधर भी आया हुआ था। पण्डित ने तीन झुग्गियों पर कब्ज़ा जमा रखा था, दो को एक बना के वह उसमें उपदेश देने का कारोबार करता था। और तीसरी में उसने रिहाइश इख़्तियार कर रखी थी। उसके पहलू में सफ़ेद मूँछों वाला एक गंजा व्यक्ति बैठा था जिसे उसने कभी न देखा था। वह हँस कर उससे पूछने लगा, क्यों बड़े भाई, तुम इधर हमारी झुग्गियों में से हो, या—उसने क़ब्रिस्तान की ओर इशारा किया—उधर से?—सफ़ेद मूँछों वाले के गले में कुछ ऐसी अजीब आवाज़ें पैदा हुईं कि पण्डित चौंक कर उससे परे हट गया। खोदू बाबा ने पण्डित का सवाल सुन लिया था और उसकी घबराहट भाँप ली थी। उसने पण्डित की चोटी और तिलक की 'निसबत' से उसे पहचान कर मुख़ातिब किया। "पण्डित खोदू, ज्ञान मार्ग हमें दूसरों से दूर कर दे तो हमें अन्धविश्वास के मार्ग पर हो लेना चाहिए। है ना?"

"हाँ, बाबा।" बाबा का जलाल पण्डित के दिलोदिमाग में प्रवेश करने लगा था। उसने बाबा पर ईमान ले आने के ऐलान की ख़ातिर अपनी कस कर बँधी इतनी बड़ी चोटी ढीली कर ली और हाथ जोड़ते हुए कहा—

"तुम्हारी बात सुन कर मेरा जी खुश हो गया है।"

"हक!—" खोदू बाबा तन कर बैठ गया। "मुझे कोई मसख़रा समझते हो खोदू? मैं तुम्हारा जी खुश करने के लिए नहीं बोल रहा। मुझे समझो और महसूस करो।"

पण्डित का चेहरा लटक गया।

"जोड़े हुए हाथ खोल, पण्डित खोदू। अच्छा बताओ।" वह पूछने लगा, "तुम्हारी सीधी-सादी माँ बड़ी है जिसने तुम्हें जन्म दिया, या इतनी बड़ी चोटी वाले तुम?"

"मेरी माँ, दयालु।"

"उसी तरह तुम्हारी पण्डिताई का सारा भ्रम भी तुम्हारी सीधी-सादी बात से है—लो, मैं तुम्हें एक बड़ी सरल कहानी सुनाता हूँ। केवल ये बताने के लिए कि उथली बातें कितनी गहरी होती हैं।"

"वाहूँ!—वहूँ!—" चौधरी का चौकीदार कुत्ता तेज-तेज दौड़ते हुए इधर ही आ रहा था। "ठहरो बाबा। मैं भी बैठ जाऊँ, फिर अपनी कहानी शुरू करना।"

"हाँ, आओ, खोदू, बैठ जाओ और ध्यान से सुनो। तुम्हारे ही हम ज़ात की कहानी है।" उन सबकी ओर निगाह दौड़ा कर बाबा अपनी कहानी इकट्ठी करने के लिए ज़रा रुक गया। "हक!—हक—हक—सुनो। एक बहुत बड़े शहर में एक छोटा-सा कुत्ता था जो शहर की सड़कों पर मारा-मारा फिरता था।"

"वाहूँ!—" बन्धु भौंकने लगा। "मेरी ही कहानी तुम्हें किसने सुनाई, बाबा?"

"अरे चुप!" पण्डित को गुस्सा आने लगा तो उसके हाथ अचानक अपनी चोटी की गाँठ को कसने के लिए उठ गये। "सुनना है तो आराम से सुन!"

"हक!" खोदू बाबा ने अपनी कहानी को थमते पाकर आगे धक्का दिया, "बेचारा बाज़ारी कुत्ता था, पालतू होता तो मालिक की फेंकी हुई गेंद ही को पकड़ा-पकड़ा कर मक्खन, डबल रोटी और गोश्त खाता। यही नहीं। जब कभी मालिक और मालकिन का झगड़ा हो जाता तो मालकिन से चूमा-चाटी के लिए उसे उसके बिस्तर में जगह भी मिलती।"

वाहूँ!—बन्धु से फिर न रहा गया। "तुम बिल्कुल ठीक कह रहे हो बाबा।"

"अरे फिर?" पण्डित ने अब के अपनी चोटी को इतने ज़ोर

से कसा कि बन्धु की चीख़ निकल गयी।

"जान प्यारी है, बन्धु तो टोको मत।" बे-बे बशीराँ बन्धु पर तरस खाकर बोली—"पण्डित की चोटी से तो हमारे बड़े मौलवी भी बिदकते हैं।"

"हक़! आगे सुनो—जिसका कोई नाम न हो उसके कई नाम होते हैं, या फिर एक यही, खोदू—इसलिए उस बाज़ारी कुत्ते को जिसने जहाँ जो भी नाम दे दिया, कसाबों के बाजार में खोदू को दुल्ला कहते थे। यहाँ वह कभी उस दुकान के सामने और कभी उसके सामने कौवों, चीलों पर निगाह रखता और इस काम के बदले क़साब दुकान बढ़ाने से पहले उसके आगे कुछ हड्डियाँ और फालतू चीथड़े फेंक देते, परन्तु एक दफ़ा उसे महसूस हुआ कि क़साब आँखों ही आँखों में उसकी गर्दन नाप कर मुस्कुराने लगते हैं। ताकि उसका गोश्त भी भेड़ के गोश्त में मिला कर ग्राहकों को थमा दें। बस फिर क्या था, उसने डर के मारे उधर जाना ही छोड़ दिया। हक!—" आगे की कहानी जोड़ने से पहले खोदू बाबा क्षण भर के लिए ठहर गया। "फिर?—फिर ये हुआ कि कोठियों के एक इलाके में उसका मामला एक पालतू कुतिया से ठीक बैठ गया।"

शैदाँ और हिरणी अपने आश्चर्य और खुशी से बेक़ाबू होकर काँसी की घंटियों की तरह बज उठीं।

"ये कुतिया हमारे खोदू को बड़े प्यार और नखरे से वाहूँ नाम से बुलाती थी।"

"वाहूँ!—" बन्धु, ने फिर टोका। "ये भी कोई नाम हुआ?"

"भाई मेरे।" खोदू बाबा ने उसे जवाब दिया। कुतिया को अंगरेज़ी थोड़े ही आती थी जो उसे टॉमी या टाइगर कह कर बुलाती। वह उसे सीधे-सीधे अपनी असल ज़बान में ही मुख़ातिब करती थी। कपड़े के एक धार्मिक व्यापारी की पालतू कुतिया थी और अपने मालिक की तरह केवल रोटी और सब्ज़ी और मछली खाती थी और सादा और साफ़ पानी पीती थी और कोठी वालों के साथ हरि कीर्तन में भी शामिल हो जाती थी।"

"ये सचमुच बड़ी अनोखी बात है बाबा।" पण्डित ने प्रसन्न

होकर कहा।

"आगे सुनो। यहाँ खोदू वाहूँ के वारे न्यारे थे। शाम होते ही वह सबकी नज़रें बचा कर कोठी की दीवार फाँदता और दबे पाँव अपनी प्रेमिका के पास आ पहुँचता। फिर नामालूम उन्हें किस की नज़र लग गयी कि कुतिया अकारण चल बसी।"

"वाह!" बन्धु अब कुतिया के बारे में गहराई से सोचने लगा था—"ये कैसे हो सकता है?—कोई कारण तो होगा ही।"

"कारण तो होगा, बहरहाल मुझे उसकी ख़बर नहीं। खोदू अपनी प्रेमिका का दिया हुआ नाम भी खोकर महानगर की सड़कें नापता रहा। कुछ मिल गया तो खा पी लिया, वर्ना अल्लाह-अल्लाह करके जहाँ पड़ गये, वहीं पड़े रहे।"

इसी बीच बन्धु को क़ब्रिस्तान में एक कुतिया नज़र आयी और वह सब कुछ छोड़ कर उसकी ओर उछल गया। सभी की नज़रें भी उसके पीछे-पीछे भागने लगीं, परन्तु अभी वह उस कुतिया के क़रीब पहुँचा ही था कि भौंक-भौंक उल्टे पाँव दौड़ा आया।

"वाहूँ! ये तो अपनी छबीली है।" वह हवास इकट्ठा करके बोला। "वही जिसे मरे तीन माह से भी ऊपर हो लिए हैं।"

"इसमें डरने की क्या बात है?" बाबा हँसने लगा। "कोई ठिकाना न मिला होगा, इसीलिए बेचारी वापस आ गयी........"

बन्धु ने फिर क़ब्रिस्तान की ओर नज़र दौड़ाई और पहले झिझक-झिझक कर और फिर तेज़-तेज़ दोबारा उसी ओर हो लिया।

"तुम्हारी कहानी, बाबा।"

"कहानी तो चल ही रही है—खोदू ने तीन-चार महीने तो जैसे-तैसे गुज़ार लिए, परन्तु खाये पिये बिना चार टाँगों को कैसे खड़ा रखता? सारे शहर में उसे एक नजर देखने की भी किसी के पास फुर्सत न थी। वह भी मुँह छुपा-छुपा के फिरता था। क्योंकि बड़े शहरों में आवारा कुत्तों को गोली से उड़ा दिया जाता है।"

"फिर?"

"फिर वही हुआ जो बहुत पहले हो जाना चाहिए था। एक दिन वाहूँ—"

"परन्तु अब तो खोदू का कोई नाम न था।"

"हाँ, अब वह बस खोदू का खोदू रह गया था, इसीलिए जब एक दिन वह बाजार में गिर कर ढेर हो गया तो किसी को पता ही न चला कि कौन ढेर हो गया है, या कोई ढेर भी हुआ है या नहीं। जिस भरे बाज़ार में वह पड़ा था वहाँ दिनों तक पड़ा रहा और किसी को नज़र न आया। वह कोई होता तो किसी को नज़र आता।"

"परन्तु बाबा।" बन्धु और छबीली। बस इतनी-सी देर में ही एक-दूसरे से घुलमिल चुके थे और सब से हट कर कब्रिस्तान के किनारे टाँगों में टाँगें डाले बैठे थे। "कुत्ते बेचारे इन्सान नहीं होते?"

"हाँ, बन्धु, कोई समझे तो जरूर होते हैं।" बाबा की बजाय पण्डित ने उसे जवाब दिया।

"परन्तु कोई समझे, तब ना!" वही सफ़ेद मूँछों वाला पण्डित के पड़ोस से बोल उठा। "हम इन्सान हैं परन्तु तरसते रहते हैं कि कोई कुत्ता समझ कर ही पुचकार ले।"

इतने में ही बाबा पर न जाने क्या दिली वारदात बीतने लगी कि वह अचानक सबसे गाफ़िल होकर आँखें बन्द किए धीमे-धीमे 'हक' का जाप करने लगे। लोग थोड़ी देर तक उसे चुपचाप देखते रहे। फिर सब जाने के लिए उठ खड़े हुए।

बन्धु को छबीली के साथ वैसे ही जुड़ा पाकर चौधरी ने उसे गाली बककर कहा, "अरे उंठ, ये तुम्हारे इश्क़ कां टाइम है या चौंकीदारी का?"

4

आज शाम को भी ठीक उसी समय बहुत-से लोग खोदू बाबा के चबूतरे पर जमा हो गये।

"तुम्हारी कल की कहानी तो अधूरी रह गयी बाबा।" पण्डित आज भी आया हुआ था।

"कहानियाँ होती ही अधूरी हैं!" खोदू बाबा ने कहा। "क्योंकि वह उन लोगों की होती हैं जो ये कह कर चले जाते हैं, अभी आते

हैं, परन्तु वह कभी नहीं आते। हम एक उन्हीं के इन्तजार में होते हैं परन्तु कोई और ही चले आते हैं।''

''मेरी समझ में नहीं आता, बाबा!'' सवाल करने वाला सब्जी की रेहड़ी लगाता था और तबियत का कड़ुवा था, इसीलिए करेले के नाम से पुकारा जाता था।

''मेरी सब्ज़ी एक दिन पड़ी रह जाए तो बू छोड़ने लगती है। तुम्हारे वाहूँ की लाश इतने भरे बाज़ार में पड़ी रही और किसी को बू तक न आयी?''

''भरे बाजारों में सैकड़ों गन्ध घुलमिल रही होती हैं खोदू, इसीलिए किसे ख़बर, कौन-सी गन्ध कहाँ से आ रही है?'' बाबा ने अपनी बात पूरी करते हुए अचानक बन्धु को देख लिया, जो सबसे अलग-थलग क़ब्रिस्तान की ओर मुँह उठाये उदास-सा बैठा था। ''आज स्वर्गीया नहीं आयी?''

''हाँ, बाबा, पता नहीं, क्यों?''

''क्या मालूम तबियत बिगड़ गयी हो।''

''बड़ी अजीब बातें करते हो बाबा। मरने के बाद सब रोग-वोग छूट जाते हैं।''

''मरने के बाद कोई जी सकता है तो बीमार भी क्यों नहीं हो सकता?'' सब पर नज़रें घुमाते हुए बाबा की आँखों में एक बड़ी सुन्दर गन्दी-सी लड़की भर आयी। वह रुक कर उसे देखने लगा, परन्तु लड़की को लगा कि वह उसकी बकरी को देख रहा है, जो उसकी पीठ पर अपना ख़ाली मुँह हिलाये जा रही थी—ये मेरी बकरी बालू है बाबा—वह उसे बताने लगी। बड़ी नटखट है, मैं इसे संग ले आयी हूँ। तुम्हें सुन कर काम की बन्दी बन जाएगी—बाबा उसे कोई जवाब देना चाहता था परन्तु एक पोपली बुढ़िया उसके सामने आ खड़ी हुई, जिसका सूखा हुआ और ख़ाकी चेहरा अनगिनत झुर्रियों से अटा हुआ था, मानो बूढ़ी ज़मीन का कोई टुकड़ा अकाल के मारे जगह-जगह लकीरों में फट गया हो।

''मुझे सदा का बुख़ार रहता है।''

''कौन-सा बुख़ार?'' बाबा ने बुढ़िया से पूछा, फिर आप ही

अपने आपको बताने लगे। “अच्छा सदा का बुख़ार।”

बुढ़िया अपने पल्लू की एक गाँठ खोल रही थी। “ख़ैराती दवा खाने से ये गोलियाँ तो मिल गयी हैं, पर डागडोर बोलता है, अच्छी खोराक भी खाऊँ।” पल्लू की गाँठ खुल गयी तो उसने वहाँ से एक पुड़िया निकाल कर उसे गोलियाँ दिखायी।

कुएँ का पानी जैसे बाबा की आँखों में उमड़-उमड़ कर अकाल पड़ी ज़मीन को सींचने लगा। “तुम्हारा कोई है माँ?”

पण्डित ने बाबा को बताया कि बेचारी का एक अपना आप ही उसका अपना है।

“वह भी कहाँ उसका अपना है खोदू।”

बाबा ने बकरी वाली छोकरी को अपने पास आने का इशारा किया तो उसके पीछे-पीछे उसकी वह बकरी भी दौड़ कर आ गयी।

“मेरी एक बात मानोगी, खोदू?”

“हाँ खोदू बाबा, जो भी कहो, मानूँगी, बस एक जे न कहियो, ब्याह कर लियो।”

“क्यों?” बाबा ने दिलचस्पी लेकर पूछा।

“क्यों क्या? वह मरदुवा मुझे भी मुझसे छीन लियो और मेरी बकरी भी।”

“नहीं, तुम हमारी उस खोदू माँ को हर रोज़ अपनी बकरी का दूध पिलाया करो, फिर हमारा खुदा तुम्हारे लिए एक ख़ास नवाब दुल्हा भेजेगा।”

“तो फिर अपने खुदा से कहियो बाबा, एक नाहीं, दो नव्वाब भेज देवे। एक खराब निकला तो दूजा तो होगा—आओ मैया, हर रोज़ आकर एक पाइया कच्चा दूध ले जाया करो।”

वह परे हुईं तो पण्डित बाबा से कहने लगा—“बाबा तो फिर तुम्हारा वह वाहूँ शहर की पटरी पर पड़ा रह गया?”

“हाँ, एक दिन अपनी गन्ध बर्दाश्त न कर मरे-करे उठ खड़ा हुआ और शहर के बाहर का रुख़ किया। ताकि कहीं कच्ची ज़मीन मिल जाए तो गड्ढा खोद कर अपने ऊपर मिट्टी डाल कर पड़ जाए।”

बन्धु कुछ याद आने पर खड़ा हो गया। ''बाबा चौधरी के झोंपड़े के पिछवाड़े तुम ही ने गड्ढा खोदा था?''

''हाँ, खोदू, क्यों? उस रात जब मैं वहीं सोया था, मेरी आँख बहुत सवेरे खुल गयी। बाहर आके मेरी नज़र जो फावड़े पर पड़ी तो मैं अपनी इच्छा पर क़ाबू न पा सका। एक आदमी उसमें बड़े आराम से लेट सकता है।''

''परन्तु कौन आदमी, बाबा?''

''क्यों, कोई भी, तुम्हारा खोदू चौधरी ही।'' मैंने सोचा, ''उस समय अकारण भटकता फिरेगा। उसने मुझ पर इतनी मेहरबानी की है। मैं भी कुछ कर दूँ।''

रखा चौधरी घबराकर क़हक़हाने लगा।

''क्या फिर वाहू शहर से बाहर निकलने में सफल हो गया?'' पण्डित ने बाबा से सवाल किया।

''पहले तो ये हुआ कि शहर से बाहर निकलने की कोशिश में वह शहर के और अन्दर घुसता गया और फिर एक दिन कहीं अन्दर ही अन्दर से बरामद होकर उसने अपने आपको अचानक शहर के बाहर पाया। परन्तु क्या लाभ? वह जहाँ भी पंजे रगड़-रगड़ कर ज़मीन की खुदाई शुरू करता था, वहीं ज़मीन का मालिक उस पर लाठी लेकर चढ़ दौड़ता था।'' बाबा ने ज़रा ठहर कर अपने बयान को जारी रखा, ''सारी ज़मीन तो लोगों ने अपने नाम बँधवा ली है। कोई एक फुट टुकड़ा भी तो नहीं, जो खुदा के नाम पर बचा रह गया हो।''

''खुदा पर ऐसी कौन सी विपदा आन पड़ी जो उसने सारी ज़मीन इन बेरहमों को बेच दी?''

''पता नहीं, क्यों? परन्तु कोई ऐसी ही विपदा होगी, वर्ना आधी नहीं, तो एक चौथाई ही अपने नाम पड़ी रहने देता।'' पता नहीं बाबा के दिल में अचानक क्या आयी, उसने हाथों को कुत्ते की अगली टाँगों की तरह ज़मीन पर टिका कर घुटनों के बल चबूतरे का एक चक्कर लगाया।

''मैं...ऐं....ऐं...!''

''चुप!'' उस सुन्दर छोकरी ने अपनी बकरी के मुँह पर हाथ

मार कर कहा। ''इसीलिए तुम्हें साथ नहीं लाती थी।''

''वाहूँ! वाहूँ!—'' बन्धु ने बाबा को मुख़ातिब करके कहा। ''क्या नाटक कर रहे हो बाबा? अपनी कहानी पूरी करो।''

''आगे की कहानी ये है।'' बाबा उन्हें बताने लगा, ''कि वह कुत्ता भाग-भाग कर किसी नयी बस्ती में आ पहुँचता और फिर वहाँ से भी पिट कर एक और बस्ती में, और फिर अपनी माह और साल की भागम-भाग में उसे याद ही नहीं रहा कि वह मर चुका है और भूले-भूले ही ज़िन्दा है।'' बाबा की आवाज़ उसके भीतर की बाढ़ में मन्द पड़ने लगी थी। ''परन्तु भटकते-भटकते जहाँ कहीं उसे कच्ची मिट्टी पर चैन से बैठना नसीब होता तो उसकी बाँछें खिल जातीं और वह अपने पंजों से जल्दी-जल्दी ज़मीन छीलने लगता। अनभिज्ञ सा, कि वह ऐसा क्यों करता है।'' बाबा ने अपना एक हाथ एक छोटे से गड्ढे में टिका लिया और चबूतरे पर कई छोटे-छोटे गड्ढों पर आँखें गाड़ लीं जो शायद उसी ने अपने नाख़ूनों से मिट्टी छील-छील कर बना लिए थे।

''अरे बाबा, मैं बताऊँ?'' एक आवारा नौजवान अपना मुँह बन्द न रख सका। ''वह 'सगज़ादे' (कुत्ता) तुम ही हो।''

''बाबा तें को सगज़ादा दिखता है का?''

''दुखों का पहाड़ सामने हो तो सगज़ादा भी आदमी दिखने लगता है।''

''वाहूँ!—वहूँ!—व—!''

''मैं—ऐं—न्—न!—''

''हक़!—हक़!—हक़!—हक़!—''

5

आज सुबह के समय कोराँ ताई ने चबूतरे पर खोदू बाबा के लिए रोटी लानी थी। वह पौ फटते ही दसों घरों की झाड़-फूँक के लिए अपनी झुग्गी से निकल पड़ी थी और वहीं किसी घर में गालियाँ और रोटियाँ फोड़-फोड़ कर पेट भर लेती और अपना सारा काम समाप्त कर के शाम को झुग्गी में लौटती और मिट्टी का दिया जलाकर इस

तरह खाट पर पड़ जाती जैसे अपना अन्तिम संस्कार कर के लम्बी तान रही हो।

वह कल बाबा से कह गयी थी, "मैं काम पर निकलने से पहले रोटी दे जाऊँगी, जभी भूख लगे छक लेना।"

खोदू बाबा सोच रहा था कि ताई के आने में इतनी देर क्यों हो रही है। क्या वह आप ही उसकी झुग्गी में जा कर पता करे? इसी बीच उसे बन्धु दौड़-दौड़ कर चबूतरे की ओर आते हुए दिखाई दिया। वह अपने मुँह में अख़बार के काग़ज में लिपटी एक रोटी दाबे हुए था जिसे उसने बाबा के सामने डाल दिया और साँस लेकर बोला, "बाबा, ताई को खून की उल्टी आयी है। मैं यूँ ही उसकी झुग्गी में जा निकला तो कहने लगी, बाबा के लिए रोटी तो मैंने पका ली है परन्तु मुझमें चलने की हिम्मत नहीं। तुम ही जाके दे आओ और अल्लाह के नेक बन्दों को मेरी राम-राम भी कह आओ।"

"अल्लाह उस पर रहम करे।" खोदू बाबा ने ताई के लिए दुआ माँगी और रोटी हाथ में ले ली। ताई ने रोटी पर बड़े ढंग से चटनी भी बिखेर रखी थी। "हक़!"

"वाहूँ! बड़ी अच्छी औरत है बाबा, और बड़ी दुखी है।" बन्धु को इच्छा हुई कि ज़ोर-ज़ोर से भौंकता चला जाएं "यदि तुम उसके दुख दूर नहीं कर सकते बाबा, तो तुम्हारे इतना बड़ा फ़कीर होने का क्या फ़ायदा?"

"फ़ायदा केवल सीधे और आम लोगों से पहुँचता है।" खोदू बाबा ने रोटी गोल कर के दाँतों से 'लुकमा' भर काटी और खाने लगा, "फ़क़ीर कमीने को तो अपनी फ़िक्र लगी रहती है, मूरख खोदू।"

"वाहूँ! देखो, या तो केवल मूरख कहो या केवल खोदू।"

"दोनों का मतलब एक ही है" मूरख बाबा हँस दिया। "खोदू ताई का ख़याल रखा करो।"

"मैं तो सबका ख़याल रखता हूँ, परन्तु किस-किस का रखूँ? हरेक की जान टँगी हुई है—"

बन्धु बाबा को झोंपड़पट्टी के दूसरे लोगों के बारे में भी बताने लगा।

"वह बुड्ढा जिसे तुमने बुद्धुआ चमार का जूता दिया था, कल रात से आख़िरी हिचकियाँ भर रहा है और जूता डाल के लेटा हुआ है और अपने बेटे से बार-बार कह रहा है, मुझे जूते सहित विदा करना, वर्ना भूत बन कर लौट आऊँगा—बाबा।" बन्धु ने शायद पहले ही से बाबा से ये सवाल पूछने का इरादा कर रखा था। "क्या तुम्हें रात के समय अकेले इस सुनसान क़ब्रिस्तान में डर नहीं लगता?"

"किसका डर?"

"भूतों का बाबा, और किसका?"

"भूतों से तो तुम भी नहीं डरते, खोदू।"

"नहीं, बाबा। मैं तो बहुत डरता हूँ।"

"तो फिर—"

बन्धु ने बाबा की आँखों में देखा और अपने आपको रोकने की कोशिश के बावजूद भौंकने लगा।

"तुम मूरख के मूरख (मूर्ख) हो खोदू।"

"नहीं बाबा, तुम भूत नहीं हो, और यदि हो भी, तो तुमसे डर कैसा, तुम अपने बाबा हो, जानते हो, क्या, बाबा?" अचानक याद आने पर वह बाबा को बताने लगा। "कल उच्चित सेठ—वह सबसे गरीब है, इसलिए अब्दुल चचा उसे मज़ाक में उच्चित सेठ कहा करता है। उसने अपनी झुग्गी अब्दुल चचा से ही किराये पर ले रखी है और कभी किराया अदा नहीं करता। उच्चित सेठ भी कल शाम को तुम्हारी बातें सुनने के लिए आया हुआ था। यहाँ से लौट कर उसने अपनी झुग्गी के दरवाज़े पर देशी शराब का पूरा अद्धा ग़ट-ग़ट ख़ाली क़र दिया और मुझे ज़बरदस्ती अपने साथ बिठा लिया और बताने लगा, सुनो, खोदू बाबा जिस 'सगज़ादे' की कहानी सुना रहा था। जानते हो, वह कौन है? मैं—मैं ही वह 'सगज़ादा' हूँ। देखो मेरी ओर—बाबा, उसने भी तुम्हारी तरह अपने दोनों हाथ ज़मीन पर टिका लिए, और इतना अच्छा भौंकने लगा कि उसकी आवाज़ में आवाज़ मिलाने पर मुझे केवल वही सुनाई दिया। वह भी कोई कुत्ता होता है बाबा, जो सुनाई न दे।" बन्धु शायद अपनी शर्मिन्दगी दूर करने के

लिए जोर-जोर से भौंकने लगा, जिस पर बाबा ने उसे सचेत किया कि धीरे बोले, ''अच्छा, लो, आहिस्ता बोलता हूँ। उच्चित सेठ का कहना है कि हम सभी अपने-अपने भूत में, जो मौत के बाद अपनी गन्ध बर्दाश्त न कर चार टाँगों पर खड़े हो जाते हैं। तुम यक़ीन नहीं करोगे बाबा, उसने तो ज़ेहन पर ज़ोर डाल-डालकर मुझे अपनी मौत की तारीख़ भी बता दी—बड़ा दुखी आदमी है। अपना दुख भूलने के लिए शराब पीता रहता है परन्तु पीकर उसे अपने दुख और याद आने लगते हैं।'' कुत्ते की वाहू वहू दुख और गुस्से से फिर ऊँची होने लगी। ''पिछले साल उसकी पत्नी—उस बीमारी को क्या कहते हैं... सोज़ाक-गर्मी रोग से मर गयी थी। कल शराब के नशे में धुत्त होकर वह मुझे बता रहा था। मैं अपनी पत्नी को कैसे रोऊँ? मैं तो उस से भी चार साल पहले उसी दिन मर गया था जब एक टूरिस्ट ने मुझे एक खूब ठस्से वाली औरत लाने को कहा था और मैं समझा-बुझा कर अपनी पत्नी को ही बना-सँवार के ले गया था। घर में पैसे होंगे तो और क्या चाहिए?—वह रोने लगा, बाबा, और पूछने लगा, क्या मैं तुम्हें अपना भूत मालूम नहीं होता? मैंने उसकी ओर आँखें झपक-झपका कर देखा। कभी वह सारे का सारा साफ़ नज़र आ ज़ाता था, और कभी उसके सारे चेहरे पर केवल नाक, या केवल मुँह, या केवल आँखें—मैं तो वहाँ से भाग खड़ा हुआ।'' अपनी बदहवासी पर हावी होने के लिए बन्धु ने दो-चार बार तेज़-तेज़ बेमतलब भौंका।

''अरे! तुमने रोटी खाने से हाथ क्यों रोक रखा है?'' वह बाबा से पूछने लगा। ''एक तो तुम पेट भर कर खाते नहीं, दूसरे जितना खाते हो, वह भी इतना-इतना सा, जितनी मैं दिखावे की चौकीदारी करता हूँ। मैं तुम्हें सच-सच बताऊँ? रखे चौधरी की दो रोटियों से मेरा पेट नहीं भरता। मैं हर झुग्गी से कुछ न कुछ चुराकर खाने की ताक में लगा रहता हूँ और अब तो मुझे छबीली के लिए भी हाथ-पैर मारने पड़ेंगे। ये छबीली दो दिन से ग़ायब है बाबा? मेरा तो विचार है उसके मरने-वरने की ख़बर झूठी थी। वह अपने किसी यार के साथ रफूचक्कर हो गयी होगी। उससे लड़-झगड़ कर आयी होगी। और अब गुस्सा ठण्डा पड़ने पर वापस उसी के पास चली गयीं है। मुझे

तो वह अपनी इज़्ज़त-आबरू के परदे के लिए बरतती है, और बस। उससे तो अच्छा है कि मर भी गयी थी तो मरी पड़ी रहती। हह हा। वाहूँ!'' अपने गुस्से का इज़हार करते हुए बन्धु एकाएक हँसने लगा।

''इसमें हँसने का मुक़ाम है खोदू?''

''है, बाबा, है! मुझे रामचरण की जोरू का विचार आ गया है।'' बन्धु और खुल कर हँसने के लिए जरा रुक गया। ''कल रात रामचरण की जोरू दूध वाले जांगलो के साथ भाग गयी। रखे चौधरी की उस पर नज़र थी बाबा। आज सुबह मैं चौधरी के यहाँ गया तो वह अकारण मुझ पर गालियाँ और पत्थर बरसाने लगा, मुझे भी ताव आ गया और मैंने भी जी खोल कर सुनाईं। फिर वह ठण्डा हो के मुझसे माफ़ी माँगने लगा और पूछने लगा, क्या मैं जांगलों से भी गया-गुज़रा हूँ—बन्धु? सच-सच बताओ, अब मैं उसे क्या बताता? आज वह नये कपड़े पहन के और जलेबियों की टोकरी भरवा के बे-बे बशीराँ के पास गया है।''

''हह हह हा हह!'' खोदू बाबा भी खिलखिला कर हजितनी मैं दिखावे की चौकीदारी करता हूँ। स पड़ा।

''हमेशा इसी तरह खूब हँसा करो बाबा।'' बन्धु खुशी में तेज़-तेज़ दुम हिलाने लगा। ''इस तरह मुझे बहुत अच्छे लग रहे हो।''

बन्धु ने देखा कि उनकी सीध में ही कीकर के नीचे एक काला नाग भी बाबा को देख-देख कर आधा अपने बिल के अन्दर और आधा बाहर खुशी से हिल और फुंकार रहा है।

''उसे देख कर तुम्हारा दम क्यों सूख गया है? वह भी अपना यार-ग़ार है खोदू।''

रोटी का आख़िरी निवाला मुँह में ठूँस कर बाबा खड़ा हो गया। ''आओ, ताई को देख आते हैं, वहीं पानी भी पी लेंगे।''

भयभीत बन्धु बाबा को कोई जवाब दिए बिना तुरन्त मुड़ गया और बाबा के आगे दौड़ने लगा।

''आहिस्ता, खोदू!'' बाबा उसकी भर्त्सना करने लगा। ''मेरे साथ-साथ चलो।''

"तुम्हारे उस यार-ग़ार को देख कर वाक़ई मेरा दम निकल गया।"

"उसके बावजूद चल-फिर रहे हो—हक़!"

बन्धु ने सर मोड़ कर कीकर के पेड़ से फ़ासले का जाइज़ा लिया और कुछ याद आने पर खड़ा हो गया। "हमारी झोंपड़पट्टी में एक बड़ी नेक क्रिस्टानी औरत है बाबा, रोज़ी का मदर। शाम को उसके धन्धे का टाइम होता है, इसीलिए वह कल दिन में किसी समय तुमसे मिलने आएगी।"

"क्या धन्धा करती है?"

"जिस्म बेचने का।"

आगे-आगे दौड़ने की नीयत से बन्धु ने सर मोड़ा तो बाबा ने उसे फिर चेतावनी दी, "आहिस्ता!"

"मुझसे आहिस्ता नहीं चला जाता, बाबा।" बन्धु ने दौड़ लगाने से पहले उसे जवाब दिया। "तुम आहिस्ता-आहिस्ता आओ। मैं जाके ताई को बताता हूँ।"

6

दूसरे दिन रोज़ी मदर बाबा के चबूतरे पर आयी तो आते ही उसने अपने थैले से दो सेब निकाल कर बाबा को पेश किए जिन्हें हाथों में लेकर बाबा ने लौटा दिया। "यहाँ से जाते-जाते ये सेब खोदू ताई को दे देना।"

"खोदू ताई कौन?" मदर ने हँस कर पूछा "अच्चा-अच्चा! अपना ताई कोरॉं। कोई लफ़रा नहीं, हम दे देता।" फिर उसने थैले से विलायती शराब की एक बोतल निकाली। "ये ताई कोरॉं नहीं लेगा।"

"हक़!" बाबा का चेहरा गुस्से से जलाली होने लगा।

मदर ने जल्दी से शराब की बोतल को वापस थैले में डाल लिया और डर जाने के बावजूद आवाज़ में नाराज़गी भर कर बोली, "क्या तुम समझता है बाबा, हमको अपने उल्टे-सीधे धन्धे अच्चा लगता है?

हम ये धन्धा न करे तो और क्या करे? तुम खुदा का आदमी है बाबा, तुमसे क्या परदा।" वह बेझिझक बोलने लगी थी। "तुम सोचो मेरी उमर में जिस्म ग्राहक को सौंपा जाता है या गॉड ऑल माइटी को? बोलो बाबा! कभी कोई कड़क जवान ग्राहक फँस जाता है तो मैं उसके बाजुओं में अपना बेटा याद कर के रोने लगता है।" उसके लहजे में प्रार्थना भरा अनुरोध था। "जब मैं खुद आप ही अपने आप से नफरत करता है तो तुम काहे को करता है बाबा?"

मदर के बेहिचक इक़बाल से बाबा ढीला पड़ चुका था। "बोलो, मुझसे तुम्हें क्या चाहिए?"

"और क्या चाहिए? हमने पता चला है तुम्हारे बुलाने पर मरे हुए लोग वापस चला आता है।" मदर की आँखें छलकने लगीं।

"हमका विक्की बेटा शराब पी-पी कर खुदा का प्यारा हो गया था। हमें हमारा विक्की से बस एक बार मिला दो।"

खोदू बाबा को महसूस हुआ कि उसके सीने में भी मदर का दिल ही धड़कने लगा है, "मिला दूँगा। हक़!—जरूर मिला दूँगा।"

मदर डाँवाडोल होने लगी कि बाबा उन्हें क्योंकर मिलाएगा। "हमारे विक्की का मरे पूरा एक साल बीत गया है बाबा।"

"तो क्या हुआ मदर? ग़रीब आदमी के मरने से उसकी जान थोड़े ही छूट जाती है?"

7

आज शाम को तो झोंपड़पट्टी के लगभग सभी लोग बाबा के चबूतरे पर उमड़ आये थे और न केवल क़ब्रिस्तान की ओर बल्कि उस ओर भी क़ब्रिस्तान का सारा किनारा घेर कर बैठ गये थे। क्या मालूम, क ब्रिस्तान के मुर्दे बेचारे कहाँ अपनी जगह बनाकर बैठे थे?

खोदू बाबा पहले दिन की तरह चबूतरे के सरहाने जोड़ी हुई ईंटों पर अपनी पीठ टिकाये अर्द्ध लेटे हो के बेहरकत पड़ा था और अपनी फटी-फटी आँखों को आकाश में खुबाए ऐसे लग रहा था जैसे अपनी कब्र से निकल कर वहीं अपनी मिट्टी पर ढेर होके अपनी तलाश

में आसमान में पहुँचा हुआ है।

सभी लोग बाबा के गुण गा रहे थे और उनके कान खड़े थे—कि और घड़ी दो घड़ी में जैसे ही उनके हक़ की आवाज़ सुनाई देगी वह उसी समय सुनने के लिए उत्कंठित हो उसकी ओर ध्यान कर लेंगे।

पण्डित मुरलीधर ने तो उसे इस तरह डूबे हुए पाकर श्रद्धापूर्वक अपनी चोटी की सारी गाँठें खोल लीं। "मैंने बड़े-बड़े फ़कीर और महात्मा देखे हैं चौधरी," वह रखे चौधरी की बग़ल में बैठा था। "परन्तु अपना बाबा खोदू तो दूर—बहुत दूर तक पहुँचा हुआ है।"

"तभी उसे वापसी में देर हो रही है।" रखे चौधरी को उलझन हो रही थी कि खोदू बाबा अब आकाश से पलट क्यों नहीं आता।

"सुनों।" पण्डित ने चौधरी को टहोका दिया। "कोई हँसा है।"

"तों क्या हुआं पण्डित? हँसने वाला क्यां तुमसे पाठ पूजाँ कराए बिनां नहीं हँस सकतां?"

"नहीं, चौधरी," पण्डित ने अपनी बात पर ज़ोर देने के लिए आवाज़ को दबा कर कहां "मेरा मतलब इधर वालों से नहीं—सुनो, फिर कोई हँसा है, उधर वालों से!" उसने क़ब्रिस्तान की ओर इशारा किया।

"तो क्यां हुआं?" चौधरी ने बाबा का इख़्तेयार कर के कहा। "कोई इधर का हों या उधर कां, खुदा का सारा जीव बराबर है।"

"लो, बाबा ने हिलना तो शुरू कर दिया है।"

चौधरी ने तुरन्त बाबा की ओर देखा। "वह तो मक्खी है जों बाबा के मुँह पर हिल रही है।" वह मक्खी उड़ाने के लिए अपनी जगह से उठ कर बाबा के पास आया "ओं मूर्खों" सब चौंक कर उसकी ओर देखने लगे। "बाबा यहाँ कहाँ है?"

"हमारे सामने कौन पड़ा है?" पण्डित ने पूछा।

"बाबा तो कूच कर चुकां है।"

"वाहूँ!—वहूँ!" बन्धु भी भौंक-भौंक कर चौधरी के पास आ खड़ा हुआ। "वहूँ—"

"घबराओ नहीं।" सब हैरान होकर उठने लगे तो पण्डित उन्हें

समझाने लगा। "जहाँ भी गया है, वहाँ से और थोड़ी देर में लौट आएगा।" उसे फिर लगा जैसे कई मुर्दों ने क़हक़हा लगाया है और वह बौखला कर बोल उठा :

"ध्यान से देखो, चौधरी, बाबा कहीं चल तो नहीं बसा?"

"हाँ, शैदाँ।" हिरणी अपनी पड़ोसन को बता रही थी, "पील फकील उद्धल नहीं होते जिद्धल होते हैं–क्या? क्या पता खुदा के बन्दे बदन से निकल कर किद्धल पहुँचे होते हैं।" और लोगों को भी अपनी ओर ध्यान पाकर वह अपनी बात में बहती चली गयी, मैं अपना मुकाबला बाबा से नहीं कल लई। कहाँ बाबा औल कहाँ मैं महामूल्ख–क्या? मैंने कई बाल मासूस किया है, मेली जान तो इधल चौधली की झोंपड़पट्टी में अटकी होती है। ऊल में अपनी माँ के आँगन में आड़ी टप्पा खेल लई होती हूँ। क्या?–अब बताओ, मैं होती किद्धल हूँ? मुझे अपनी तलब होने लगे तो खुद को कहाँ ढूँढूँ?"

"वहूँ!" बन्धु सब की ओर मुँह लटका कर भौंक रहा था। "आराम से बैठे रहो। वाहूँ!–"

"मैं तो कहूँ हिरणी।" शैदाँ बोल रही थी। "बाबा जब घूमते-फिरते इधर आ निकला था, उस वखत क्या पता वह इसी तराँ किद्धर पड़ा होगा?"

"वाहूँ!" बन्धु उन सब को मुख़ातिब करने के लिए खोदू बाबा के पहलू में चबूतरे पर आ खड़ा हुआ था। "पहले तो बाबा अपने ठिकाने की खोज में घूमता फिरता था। वाहूँ!–अब उसे कहाँ जाना है वाहूँ! वह अब सदा के लिए यहीं बस गया है–वाहूँ! वाहूँ!"

कच्ची कुंवारी

तीन लड़कियाँ बस स्टॉप पर खड़ी हैं।

एक ज़रा पुरानी ब्याहता मालूम होती है, एक नयी ब्याहता और एक कुँवारी। जो ज़रा पुरानी ब्याहता है वह खुल कर बोल रही है, और जो नयी नवेली, वह खुल जाना चाह रही है, परन्तु जो कुँवारी मालूम होती है वह चुपचाप खड़ी है।

पुरानी ब्याहता के होंठ इस तरह बार-बार खुलते और बन्द होते हैं जैसे घर के बाहरी किवाड़ आँधी में खुले रह गये हों। "आज घर पहुँच लूँ, उसकी अच्छी तरह ख़बर लूँगी।"

"किस की?" नयी नवेली ने पूछ लेने के बाद भी मुँह खुला रहने दिया है।

"अपने हज़बेण्ड की, और किस की?"

"क्यों?"

"जब उसे मालूम है मैं अपने ऑफिस से पूरे पाँच बजे छूट जाती हूँ तो —अब क्या टाइम हो रहा है?—छह बजने में पाँच मिनट?—क्या मैं उसकी लौंडी हूँ जो यहाँ सारी शाम उसकी राह तकती रहूँ?"

"राह तकने में भी तो मज़ा है।" नयी नवेली का ध्यान बस स्टॉप के सामने चाट की दुकान की ओर चला गया है।

"तो फिर साहब बहादुर यहाँ राह तकें और मज़ा लूटें और गाड़ी मेरे हवाले कर दें।"

"आपके पास कौन-सी गाड़ी है?"

"फिएट–दिल्ली में तो गाड़ी के बिना जान पर बन आती है।" पुरानी ब्याहता जैसे दिल ही दिल में अपनी गाड़ी में घुस रही हो।

"हाँ यहाँ से बस पकड़ो, यहाँ से पैदल चलो, फिर बस पकड़ो, फिर पैदल चलो और फिर न जाने कहाँ पहुँच कर कब घर आए–मैं तो तंग आ गयी हूँ।" उसने अपने तराशे हुए बालों को ज़ोर से झटक दिया है जो किसी राहगीर के गाल छूकर फिर उसकी गर्दन से आ लगे हैं।

"आपके पास अपनी गाड़ी नहीं?"

"है, परन्तु किस काम की? अपनी मरजी से चलती है।"

"हाँ, आजकल गाड़ियों पर भरोसा नहीं किया जा सकता।"

"भरोसे की क्या बात है गाड़ी अच्छी होनी चाहिए।"

"हाँ, अब मेरी गाड़ी है ना, लगता है पालकी चल रही है। हम तो हर वीक एण्ड कहीं बाहर निकल जाते हैं–मैं और वह।"

"और आपके बच्चे।"

"नहीं, बच्चों-वच्चों के चक्कर से बची हुई हूँ–आश्चर्य है वह अभी नहीं आया।"

"आपके हज़बेण्ड बेचारे को क्या पता, आप यहाँ इन्तजार कर रही हैं?"

"क्यों, रोज़ यहीं से तो उठाता है।"

"मर्दों की ग़लत नीति ने हमें क्या से क्या बना दिया है, वर्ना वह ज़माना भी था।" नयी नवेली ने नामालूम क्या चेक करने के लिए अचानक अपने पर्स में हाथ डाला है। "आप खाना तैयार करके सज-धज कर घर के दरवाज़े पर खड़ी हैं, हज़बेण्ड काम से ठीक समय पर लौट आया है, आपने मुस्कुराकर उसके हाथ थाम लिए हैं और–हाय, कितनी अच्छी ज़िन्दगी होगी वह!–"

"हाँ, परन्तु आज हम घरों में बैठी रहें तो मर्दों को सारी उम्र याद ही न आएँ।"

"हाँ, इसीलिए तो बाज़ार में उतर आयी हैं।"

"शट अप!"

पुरानी ब्याहता के कान में कोई आवारा-सा नौजवान कुछ गुनगुना कर आगे बढ़ गया है जिस पर वह उसके पीछे मुँह उठा के

लाल-पीली होने लगी है।

"पुलिस इन बदमाशों के साथ मिली हुई है, नहीं तो उनकी क्या मजाल?" उसने सड़क की ओर देखा है।

एक मोटर कार अचानक आहिस्ता होकर उनके पास रुकी है।

"आइए!"

पुरानी ब्याहता अपना गुस्सा भूल कर नयी नवेली की ओर देख के हँस पड़ी है– "मैंने कहा था ना साहब बहादुर अचानक आ धमकेंगे।"

नयी नवेली ने ज़रा शोखी से देखकर ज़रा-सी आँख मीची है और अपने दाएँ कन्धे से उसे हौलाँ से धक्का दे दिया है।

"आइए ना।" गाड़ी के ड्राइवर ने दरवाज़ा खोल कर बड़ी गर्मजोश नर्मी से ज़िद किया है।

"उसकी खुशामद देख रही हैं ना? मानो किसी ग़ैर औरत को बुला रहा हो।"

"जाइए, घर पहुँच कर बेचारे की ख़बर ले लीजिए।"

पुरानी ब्याहता आगे बढ़ कर जल्दी से गाड़ी की अगली सीट पर बैठ गयी है और–आश्चर्य है–वहाँ से झट ही उठ कर खिसियानी-सी वापस आ गयी है। "मेरी ऐनक खो गयी है। धोखा खा गयी थी।"

उसे सुन कर नयी नवेली दुल्हन खिलखिला कर हँस पड़ी है।

"वह मेरा पति नहीं है।"

"तो फिर शायद मेरा होगा।" नयी नवेली गाड़ी की ओर देखने लगी है।

"आइए ना!"

"अरे! वह मुझे ही बुला रहा है।" नयी नवेली लपक कर गाड़ी में जा बैठी है।

"कुटनी!" पुरानी ने नयी नवेली की ओर घूर कर देखा है, और गाड़ी स्टार्ट होकर भरे बाजार से तेज़ी से ग़ायब हो गयी है, परन्तु उसकी आँखें उसके ज़ेहन में वैसे ही गाड़ी का पीछा किए जा रही हैं।

कुछ लम्हों बाद पुरानी ने पहली बार कुँवारी की ओर सर फेरा है, जिसके मुँह पर पहले से वही बड़ा-सा ताला लगा हुआ है, जैसे

ये खुल गया तो ख़ज़ाने जाएँगे।

"शराफ़त का ज़माना ही नहीं रहा।" उसने शायद कुँवारी से कहा है या अपने आप से। "मुझे बुला कर उसे ले उड़ा है। उचक्का!" और फिर उसे कुँवारी पर एकदम गुस्सा आने लगा है। "हम जैसों से बातें करते हुए तुम्हें शर्म महसूस होती है? तुम शायद कहीं पढ़ती हो और तुम्हारे माँ-बाप अपना सारा समय तुम्हारे लिए कोई सुन्दर-सा वर ढूँढ़ने में खर्च कर देते हैं—हैं ना?" उसने जेब से सिगरेट निकाल कर सुलगाई। "हम बुरी औरतें हैं, परन्तु जो कुछ हम करती हैं, इसके अलावा क्या करें—बोलो, क्या करें?" कुँवारी की शान्त खामोशी से वह बौखला-सी गयी है। "हमारे कोई बाप है, न माँ, न भाई, न पति।" मुँह में सिगरेट का धुआँ भर आने से वह खाँसने लगी है। "अपना मुर्दा हम आप ही सजाकर न उठा लें तो हमारी गन्ध से नाक फटने लगे।" उसने अपने बायें कुँवारी की ओर सर उठाया है जो अब वहाँ मौजूद नहीं है—कहाँ गयी?—उसने सड़क पर नज़र दौड़ाई है, और थोड़ी देर में सड़क से लौटी है तो उसे अपनी बाईं ओर वह जूँ की तूँ दिखाई दी है।

"कहाँ चली गयी थीं?"

"यहीं पीछे पोल का सहारा लेकर खड़ी थी।" कुँवारी के मुँह से जैसे चाभी घूमने की आवाज़ आयी हो।

इसी बीच एक नौजवान ने उनके पास अपना स्कूटर ला खड़ा किया है।

नौजवान को देख कर कुँवारी की आँखें चमक उठी हैं। वह उछल कर स्कूटर की पिछली सीट पर बैठ गयी है और स्कूटर हवा से बातें करने लगा है।

"जरा आहिस्ता चलाओ!"

लेकिन नौजवान ने स्कूटर की रफ़्तार कम नहीं की है।

"मुझे तरह-तरह के विचार आ रहे थे। कुँवारी नौजवान को मुख़ातिब करके कह रही है, "इतनी देर क्यों कर दी—?"

"तुम अकारण परेशान हो जाती है माँ।"

बकरियाँ

1

उत्तर प्रदेश में पहाड़ों में घिरे हुए उस गाँव के घर-घर एक लोक कथा प्रचलित थी। प्रत्येक परिवार का कोई बड़ा बूढ़ा अपना हुक्क़ा लेकर बैठा होता और उसके आस-पास घर के सभी बालक और बालिकाएँ और फिर–

"फिर क्या हुआ, दादा?"

पता नहीं दादा हँसा या हुक्क़ा गुड़गुड़ाया। "अभू में सुरु भी नाहीं करे हूँ छोटी, तू यहाँ भी आन पहुँची।"

दस-ग्यारह वर्षीय छोटी अपनी बहन पूरी से पूरे वर्ष छोटी थी। और अपने मासूम भाई राजा की माँ-सी बनी उसके मुँह में बकरी के दूध की बोतल ठूँसें हुई थी जिसे बार-बार हटा कर वह जैसे इसीलिए रो रहा था कि मुझे भी कथा सुनने दो।

जितनी देर वह दोनों झगड़ते रहे दादा ने हुक्क़े का दम खींचकर धुआँ मुँह के अन्दर और कुछ बाहर छोड़ दिया।

"बहुत पुराने काल में एक बहुत बड़ा राजा हुआ करे था, राजा को सिकार का इतना सौक होवे था के बस पूछो नाहीं।"

राजा छोटी की गोद में अचानक ज़ोर-ज़ोर से रोने लगा, जिस पर उसके नौ-दस वर्ष बड़े भाई मालिक ने लपक कर उसके मुँह पर हाथ रख दिया।

"चुप, राजे के बच्चे! कथा सुनने दे।"

दादा फिर गुड़गुड़ाते हुए हँसा "वही तो वह सुनाए रहा मलिका। देखो सिकार पर निकलन पे ही घोड़े को कैसे ऐड़ लगाए दी।" वह फिर हुक्के पर झुकने लगा।

"तुम हुक्क़ा पियो दादा, आगे की मैं सुनाती हूँ।"

"हाँ, तू पढ़ी-लिखी है पूरी, तू ही सुनाए दे।"

पूरी ने हिन्दी की दो-तीन किताबें इतनी बार पढ़ रखी थीं कि वह इसे ज़बानी याद हो गयी थीं।

"राजा को शिकार का बहुत शौक था। एक दिन शिकार खेलते हुए वह रास्ता भूल गया। रास्ते की खोज में सारा दिन भटकता फिरा और रात आने पर हमारे इसी गाँव आ निकला। उस काल में हमारा गाँव एक बहुत बड़ी बस्ती था।

"दून चोटी के पहाड़ के नीचे उसी बस्ती का मलबा बिखरा पड़े है।"

दादा ने पूरी को टोक कर उन्हें बताया और फिर अचानक कुछ याद आने पर उसने मालिक की ओर मुँह उठा लिया, "तुम उधर रोज-रोज क्या करने जाए हो मालका?"

"किधर, दादा?"

"और किधर? दून चोटी के पहाड़ के नीचे।"

"मैं उधर काहे को जाऊँगा दादा?"

"बाबा धनराज अपनी आँखों से देख के बोले है, जाए हो।"

"बाबा को अपनी आँखों से दिखता ही किधर है दादा?"

दादा अपना एतराज़ भूल कर हँसने लगा, "तुम ठीक कहे हो। बाबा की आँखें अधिक कमजोर पड़े गयी हैं। उस रोज जाने हो, का हुए गया। मैं उसकी दून आँखियों के सामने खड़ा रहे, पे वह मुझे अपना बेटा जान के गालियाँ दिए गया। का मालूम, काहे को?" उसे अचानक अपना सूरमा याद आ गया और वह छोटी से पूछने लगा। मेरा सूरमा पीसे गया?"

"हाँ, दादा—लाऊँ?"

"नाहीं, पहले कथा सुन लियो—हाँ, पूरी, फिर?"

पूरी इस दौरान जैसे आप ही आप राजा बने रस्ते की खोज में

भटकती फिर रही थी और बहुत परेशान थी और मुस्कुराए जा रही थी कि जब तक वह खुल कर मुस्कुरा न लेती कुछ बोल ही न पाती, या फिर ऐसा भी होता कि कई बार मुस्कुराते-मुस्कुराते वह बोलना भूल ही जाती। गाँव का अकेला हकीम हँस-हँस कर सभों को ये वाकिया सुनाया करता था कि एक बार वह भागी-भागी आयी और मुस्कुराने लगी और मुस्कुराती ही चली गयी–"अरी कुछ बोलो!–" परन्तु वह वैसे मुस्कुराती रही और फिर मुस्कुराते हुए एकदम रो-रो कर बताने लगी–जल्दी चलो हकीम चाचा मेरा दादा दर्द से मर रहा है।

"अरी मुस्काए क्या जाए हो पूरी? कथा सुरु करो।"

पूरी कथा सुनाने लगी।

"भटक-भटक कर राजा की जान मुँह में आ गयी।"

"मैं!–मैं–ऐं!–" उनकी बकरी लक्खी भी उनके साथ आ बैठी थी और अपना ख़ाली मुँह हिलाए जा रही थी।

लक्खी पूछ रही है, "दादा, जान भी क्या कोई खाने की चीज़ है?"

"मैं!–ऐं!–"

"सुनना है तो आराम से सुनो लक्खी।" छोटी ने बकरी को बताया। "हाँ, पूरी, फिर?"

"उस काल में यहाँ एक ठाकुर राज किया करता था। राजा ने आखिर ठाकुर का दरवाज़ा आकर खटखटाया और उसे अपनी बिपता सुनाई, और वहीं ठहर गया।"

पूरी बाक़ी की कथा को इकट्ठा करने के लिए क्षण भर रुकी तो मालिक कहने लगा, "बोलती जाओ, पूरी।"

"ठाकुर ने अपनी बेटी राजा से ब्याह दी।"

"नहीं, पूरी, उससे पहले का भी बताओ।" "मालिक पिछले चार साल से गाँव के प्राइमरी स्कूल जा रहा था और अभी तक दूजी कक्षा से आगे नहीं जा पाया था। दूसरे ही दिन ठाकुर की छोरी अपनी हवेली में राजा से टकरा गयी और मुँह को शर्म से दोनों हाथों से ढाँप लिया। राजा ठाकुर की छोरी को देखते ही उस पर मोहित हो गया और उससे ब्याह की खिचड़ी पकाने लगा।"

"मालका ठीक कहे है पूरी।" हुक्क़े का धुआँ मुँह से ख़ारिज कर के दादा बोला "और चने की दाल बची होवे तो कल खिचड़ी ही बनाओ।"

"हाँ, कल खिचड़ी ही खाएँगे दादा!" मालिक ने दादा का समर्थन किया।

"बाक़ी की कथा भी तू ही सुनाई दे मालिक बेटा।" दादा सोचने लगा कि पूरी आख़िर औरत ज़ात है, इसलिए पढ़-लिख के भी बात को समझा नहीं पाती।

मर्द बच्चे ने बाक़ी की कथा सुनानी शुरू कर दी परन्तु छोटी ने उसे उसी समय मन ही मन में पूरा भी कर लिया—ठाकुर की छोरी चंद दिन में ही गर्भवती हो गयी, फिर राजा इसे उस वायदे पर छोड़ कर अपने नगर को कूच कर गया कि वह इसे झटपट अपने पास बुला लेगा, परन्तु राजा ने जब पूरे दो साल अपनी पत्नी की ख़बर भी न ली तो अबला नारी अपना बच्चा पिता के पास छोड़ के पति की तलाश में निकल खड़ी हुई और फिर न लौटी।

छोटी की आँखों से दो आँसू टप-टप उसकी गोद में राजा के गाल पर आ गिरे जिस पर मासूम खिलखिला कर हँस पड़ा।

"फिर मालका?"

"सुरु मैंने किए थीं।" हुक्क़े का ये कश लेकर दादा का गला खुल गया।

"अब पूरी भी में ही करे हों—ठाकुर की बेटी का जाए चौदाँ बरस होये गये। ठाकुर का दोहत्ता इत्ता कड़ियल जवान निकले था के बड़ी बूढियाँ भी उसकी छब पाए के सर पर दोपट्टा ओढ़ लेतीं—ठाकुर?—ठाकुर अब तलक तो अपने दम पर पहरा बिठाए रहे था कि दोहत्ता किसी तराँ ऊँचा होए ले, पे जब दोहत्ते ने एक दिन उसका बताए वह भी अपने माई बाप को ढूँढ़न जा रिया, तो बुड्ढा बेचारा खड़े-खड़े ढे गया।"

पूरी ने अपने दादा के क़रीब सरक कर उसका हाथ अपने दोनों हाथों में ले लिया।

"इसमें मुस्काने की क्या तुक होवे, पूरी बिटिया?"

"ठाकुर के दोहत्ते को अपने माई बाप सचमुच मिल गये थे दादा?" मालिक ने पूछा, "या उसने झूठ-मूठ का पत्र भेज दिया था?"

"ढूण्डन पे तो भगवान भी मिल जावन हैं मालका।" दादा ने उसे जवाब दिया। "ये का फाइदा? पत्र आवे तिलक ठाकुर के फूल भी गंगा मैया बहाए ले गयी।"

"फिर क्या हुआ दादा?"

"का पता, का? जित्ता भी चावो कथा का डोर दिए जावो—अरे पूरी अभी-अभी तलक मुस्काए जाए हो? कुछ बोल कर हलकी होए लिओ।"

2

पूरी, छोटी, मालिक और राजा बेमाँ-बाप नहीं थे। केशव और कुंती अभी खूब तवाना और तन्दुरुस्त थे, इसीलिए साल भर की कमाई जोड़ने की ख़ातिर वह मौसम खुलते ही बर्फ के साथ-साथ पिघल कर अपने गाँव से आठ-दस कोस नीचे नैनीताल में बह आते। अप्रैल से अक्तूबर तक वह दोनों यहाँ एक होटल में काम करते। केशव बैरे का और कुंती कमरों की झाड़-फूँक का। जिस दिन उन्हें सीज़न से निमट कर घर लौटना होता, दादा अपने पोतों-पोतियों के साथ सुबह-सवेरे ही हाँफ-हाँफ कर नैनीताल से ऊपर आते हुए रास्ते में उस तरह आ बैठता जैसे अपने कच्चे घर के आँगन हो, और दूर ही से नाग की तरह बल खाती पगदण्डी पर साज़ो सामान से लदे-फदे गधे के पीछे बापू और अम्माँ को देख कर बच्चे बेइख़्तियार रेंगना शुरू कर देते और फिर नीचे की ओर दौड़-दौड़ कर उन्हें आधी राह पर जा लेते।

"मेरे लिए चीनी की अंग्रेजी टिकियाँ लाये बापू?"

केशव और कुंती होटल की शुगर टेप चुरा-चुरा कर अपने बच्चों के लिए जमा करते रहते थे।

"और मेरी वह प्रिच-प्याली, जिन पर हाथी सूँड से पानी फेंक रहा है।"

"और मेरी–?"

इतनी देर में दादा भी अपनी दो टाँगों की बजाय एक लाठी पर ही दौड़-दौड़ कर उनसे आ मिलता।

"मेरी वह गले बन्द टोपी लई आए केशव? रोज सवेरे गर्दन अकड़ जाए है।"

सारा परिवार जैसे यहीं से अपने घर के आँगन में पहुँचा होता।

परन्तु पिछले साल गधे पर केवल कुन्ती लदी-पड़ी हाय-हू किए जा रही थी।

"अरे भई, दो क़दम और दम रोके रखो।" केशव अपनी पत्नी को समझा रहा था। "इस तरह चिल्लाओगी तो बच्चा कोख से यहीं बाहर उछल आएगा।"

हुआ ये था कि इस सीज़न उनके नैनीताल जाने से पहले जनवरी, फ़रवरी में एक जापानी सौदागर बुद्ध मत की किसी पवित्र शिक्षण संस्था के खंडहरों की टोह में उनके गाँव से भी ऊपर कहीं निकला हुआ था और वहाँ से अपने मिशन में नाकाम लौट कर रात काटने के लिए केशव के यहाँ रुक गया था। केशव और कुन्ती ने इस क़बील के इक्के-दुक्के पर्यटकों को ऐंठने का पूरा बंदोबस्त कर रखा था। किस्सा मुख़्तसर जापानी सौदागर जब रात को जाम पे जाम चढ़ाए जा रहा था तो कुन्ती खूब सजी-धजी, फिंगर-चिप्स की प्लेट लिए उसके पास आ पहुँची और वह नशे में धुत्त होकर आलुओं की उँगलियों की बजाय उसकी उँगलियाँ मुँह की ओर बढ़ाए चला गया, फिर जो होना था वही हुआ और कोई माह डेढ़ माह में ही उनका परिवार नियोजन का प्रोग्राम धरा का धरा रह गया। और ऐसे समय लेमू चाटने पर भी कुन्ती की मतली रुकने में न आयी। केशव ने इरादा तो यही किया कि बीवी को मार-मार कर घर से निकाल दे परन्तु आदमी समझदार था, इसीलिए जब कुन्ती ने उसे सौ-सौ के पाँच नोट दिखाए जो जापानी उसके हाथ में थमा गया था तो वह सब्र से सोचने लगा, क्या फ़ायदा? अपना अंग काट लेने से आदमी आप ही तो अपाहिज होता है, सो वह दोनों मिल-जुलकर गर्भपात का उपाय करने लगे, परन्तु उसी दौरान दादा को अपने बेटे की नीयत

की भनक पड़ गयी। वह उसे एक ओर ले जाकर कोसने लगा। "ओ हराम की औलाद, मैं भी तेरे को गोली-वोली देकर सुलाए देता तो आज का तो आठ जमात पास करके मूँछों को ताव दिए फिरता?—बोल—मारना सिरिफ पैदा करने वाले का काम होवे—" इस तरह कोई नौ माह पहले राजा का जन्म हुआ और ढोल-बताशों के साथ चालीसवाँ नहा कर आने वाले चन्द महीनों में बच्चे की माँ ने बच्चे "पूरी" और "छोटी" के सुपुर्द किया और स्वयं आप अपने पते के साथ होटल के काम पर नैनीताल को चल दी।

"केसव बेटा! इस बार मेरे गले बन्द टोपी जरूर लइयो।"

"और मेरी सलवार कमीस—"

"और मेरी रबड़ की गोलियों वाली बन्दूक—"

"और तुम्हारे लिए क्या लाएँ राजा बेटा?—जापानी मेम?"

अभी जुलाई भी न बीता था कि एक सुबह केशव और कुन्ती अचानक आ गये और दरवाज़े में दाखिल होते ही पूरी को समझाने लगे कि वह जल्दी से तैयार हो जाए। दोपहर के खाने के बाद उसे उनके साथ नैनीताल जाना है।

पूरी ने घबरा कर पूर्व आदत अपनी बत्तीसी निकाल ली।

"अभी तो नीचे से आवे भी नाहीं, फिर नीचे?" दादा ने अपने बेटे से पूछा।

"बात ये है बाबा," केशव ने हँसते हुए जवाब दिया, "ऊपर तुम्हारे यहाँ इतनी ठण्ड है कि साँस लेना भी मुश्किल है।"

"इसमें मुश्किल का? साँस मत लियो।" दादा भी हँस दिया है। ये तुम नर्क वासियों का देवलोक का वास-रास कैसे आवे। फिर वह झट गम्भीर होकर पूछने लगा "हमार देव कन्या का अपने नर्क में जलने का काहे को लई जावे हो?"

"लखनऊ का एक बड़ा सेठ हमारे होटल में उतरा हुआ है, सेठानी को घर के काम-काज के लिए एक लड़की चाहिए, पूरी को वह अपनी बेटी बना के रखेंगे।"

"हम इधर का उसे नौकर बना के रखे हैं?"

"बात को समझते क्यों नहीं बाबा? खाना-पीना, कपड़ा-लत्ता—सब

कुछ मुफ्त देंगे और साढ़े पाँच सौ रुपल्ली तनख़्वाह–"

"माई-बाप का बेटी का तनखा देवे हैं केसवा?" दादा ने हुक्के का दम कुछ ज़्यादा ही लम्बा भर लिया था, वह खाँसने लगा, "बाक़ी तेरी मर्जी।"

"मेरी मर्ज़ी की बात नहीं बाबा, चार पैसे जमा कर लेगी तो उसकी शादी खुले हाथ हो जाएगी।"

"सादी बने तो खुले दिन बने हैं। बेचारी का नीचे की ओर धक्का मत दियो। देवी का अस्थान हमसंया उपर हेवे है, नीचे नाहीं।"

"तुम हमेशा उल्टी बातें करते हो बाबा।" केशव चिढ़ गया, "ऊपर भेजने के लिए उसका गला घोंट दूँ? चार पैसे होंगे तो ऊपर वाले स्वयं आप नीचे उतर कर पालकी में बिठा के ले जाएँगे।"

दूसरी ओर कुन्ती राजा को छोटी से लेने उसकी ओर हाथ फैलाए हुई थी। "आ–आ जा, राजे बेटे।"

परन्तु राजा बेटा उससे मुँह मोड़ कर कुछ इस तरह छोटी के छोटे से सीने में उँडलता चला जा रहा था कि मासूम लड़की की छोटी-छोटी छातियों में दूध ही दूध भर आया था और वह पूरी माँ-सी दिखते हुए अपनी माँ की बेबसी पर हँसे जा रही थी।

"खा खसमों को" कुन्ती आखिर तंग आकर पूरी की ओर ध्यान दी, जो अपने माँ-बाप से मिल कर आटा गूँधने में लग गयी थी, परन्तु आटा उसके हाथों बंधने में नहीं आ पा रहा था।

"आराम से गूँधो, पूरी।" वह उसके क़रीब आकर फ़र्श पर बैठ गयी। "कई बार कहा है आटे से लड़ा नहीं करते, उसे गूँधा करते हैं। यूँ–ऊँ–" वह हवा में आटा गूँध-गूँध कर उसे बताने लगी।

"यूँ!–लखनऊ वाले क्या कहेंगे, लड़की को आटा गूँधना भी नाहीं आता।" फिर वह घड़ी दो घड़ी चुपचाप उसे आटे पर झुकी देखती रही। "सेठ और सेठानी हैं ना पूरी, इतने अच्छे लोग हैं कि हम तुम्हें याद भी नहीं रहेंगे।"

पूरी की डूबी-डूबी हँसती आँखों से दो बूँदें आटे में आ गिरीं। और न मालूम वह किस बात पर किसे जवाब में बोली, "नहीं।"

"अरी मूरखे, आप ही आप क्या बोले जा रही है—रोना-धोना काहे को? तुम्हें नखलऊ जाने का कितना सौक था। अब मौका है तो उधर जाके मौज उड़ाओ। हमारे इधर तो सारी जिन्दगी उतरते-चढ़ते ही गुजर जाती है लेकिन नखलऊ की जमीन सिद्धी और बरोबर बिछी हुई है, जी भर के भागो और जिधर भी जा पहुँचो उधर से ही घर दिख जाता है।" वह पूरी के और करीब सरक आयी और उसकी पीठ पर हाथ फेरने लगी। "इधर भी हम साथ-साथ थोड़ा ही रहते हैं। क्या मालूम, किस पहाड़ की ओट में खोए होते हैं?" उसकी आँखें भी आर्द्र होने लगीं। "पूरी बेटी, हम पहाड़िए तो पैदा ही बिछड़ने की खातिर होते हैं।"

मालिक थोड़े फ़ासले पर खड़ा अपनी माँ को सुन रहा था, वह भी अपनी बहन के पास आ बैठा। "पूरी बहना, मैं सपने में हर रात तुम्हारे पास आया करूँगा। और सारी रात वही तुम्हारे पास बिताया करूँगा।"

मुस्कुराहट के दबाव से पूरी का मुँह इतना तन गया था कि उससे बोलना नहीं हो पा रहा था।

"मुझे मालूम है री, तू इस तराँ हँसती है तू रो रही होती है।" वह आप भी उसकी पीठ सहलाते हुए रोए जा रही थी। "खुले-खुले काहे को नाहीं रो लेती?" फिर वह अपने पति से मुख़ातिब होकर तेज़ आवाज से बोली, "सुन रहे हो? हम पूरी को नखलऊ नाहीं भेजेंगे।"

"तो फिर यहाँ आयी क्यों हो?" केशव भी इसे जवाब देते हुए वहीं आ गया। "पूरी बेटी, वहाँ मज़े ही मज़े हैं। यहाँ तो तुमने केवल जन्म लिया है, तुम्हारे माई-बाप सेठ और सेठानी ही हैं। वह तुम्हारा पूरा ध्यान रखेंगे।"

"मैंने सुना है माँ," मालिक कहने लगा। "नखलऊ में इतनी गर्मी पड़ती है के कपड़ों को आग लग जाती है।"

"ज़्यादा बातें मत बनाओ मालिक!" उसके बाप ने उसे टोका, "सेठ की कोठी में ठण्डी मशीनें लगी हुई हैं, गर्मी का वहाँ क्या काॅम?"

"तो फिर मुझे भी पूरी बहना के साथ उधर भेज दो।"

"नहीं, मालका, दादा का ध्यान कौन रखेगा?" पूरी ने भी मुँह खोला। "छोटी, राजे को देखेगी और घर सँभालेगी और—" और वह सोचने लगी लखनऊ वाले माई-बाप कैसे लगते होंगे।

लक्खी भी पूरी को घिरी पाकर जानना चाह रही थी कि माजरा क्या है। मैं—ऐं।

दादा ने उसे वहीं रोक लिया, "जब मेरी दाल न गले है लक्खी, तो तू किस बागे की मूली होवे?"

3

दोपहर के खाने के बाद सूरज जब ढलान पर धूप-धूप पश्चिम की ओर लुढ़कने लगा तो पूरी अपने माँ-बाप के साथ जाने के लिए घर से निकल खड़ी हुई। उनके पीछे-पीछे राजा को बाज़ुओं में लिये छोटी और अपनी लाठी को थामे दादा और पूरी के कपड़ों की गठरी को पीठ पर लटकाये मालिक और उन सभों के पीछे में-में चिल्लाते हुए लक्खी भी उछल कर दरवाज़े से बाहर आ गयी थी।

"इस निगोड़ी की समझ में कुछ न आवे।" दादा उन्हें बताने लगा, "तो में-में कर के पहाड़ सर पर उठा ले है।"

पूरी ने दौड़ कर अपनी बाँहें अपनी महबूब बकरी के गले समा दीं।

केशव ने मालिक को हिदायत की कि लक्खी को वापस दरवाज़े के अन्दर ढकेल कर बाहर से कुंडी लगा दे।

"जल्दी करो पूरी," कुन्ती ने मुड़ कर बेटी को आवाज़ लगाई—"देर हो रही है।"

4

पहाड़ों के बीचोंबीच चलते-चलते दादा के परिवार को पता भी न चला कि वह क्योंकर घर से दो कोस शीशा झील के किनारे आ पहुँचा है।

"बस भई, हमार से अब आगे नाहीं चला जावे।" दादा अपनी लाठी को किसी पोली जगह पर खुबो कर रुक गया।

"हाँ, दादा, अब तुम सब वापस जाओ।" केशव अपने बाप से कहने लगा। "अकारण इतने दूर चले आये हो।"

"वह तो आ ही गये केशव, पे आगे उतार पर पैर धरे डर लागे है का पता, किधर से किधर ले जाओगे?" वह पूरी की पीठ थपकने लगा। "पूरी बेटी, इधर मोरे संग जरा सीसा झील के किनारे तलक आइयो।"

दादा पोती दोनों चन्द क़दम झील के किनारे आ खड़े हुए।

"बेटी! जरा पानी में झाँक कर देखो।"

पूरी झील पर झुक गयी।

"काँजर आवे है बेटी?"

झील में अपना पूरा आप अपनी आँखों से डूबा-डूबा देख कर पूरी को बड़ी राहत महसूस हुई, मानो वह सोच रही हो कि वह तो वहाँ झील में जा छुपी है। अब वह उसे अपने साथ कैसे ले जाएँगे?

बुड्ढा अपनी पोती की पीठ सहला रहा था।

"यकीन आए गया नाँ बेटी? जब लौट आओगी तो इसी सीसा झील पर आए के अपनी तसल्ली किए लियों और अपने आपका ज्यों को त्यों देखे लियो। दादा की झुकी-झुकी आँखों से पानी की दो-तीन बूँदें इतनी बड़ी झील में जा गिरीं। "वह देखो बेटी—वह—ठाकुर राजा की छोरी इधर पीठ किए ज्यों की त्यों खड़ी होवे है। वह मुड़ के तो आयी नाहीं परन्तु सोचो, वह जाए भी कब थी?"

बुड्ढे के चेहरे की झुर्रियों में पानी अब इस तरह बह रहा था जैसे आधे ढके पहाड़ी झरने।

"बाबा," कुन्ती ने आवाज़ दी "जल्दी करो, देर हो रही है।"

पूरी जब अपने दादा के पीछे माँ-बाप की ओर मुड़ी तो एक पेड़ के पहलू से गुज़रते हुए उसे लगा कि वह उससे मुख़ातिब है—कहाँ जा रही हो पूरी?—ठहरो पूरी—पूरी—

प—

वह तेज़-तेज़ कदम उठा कर दादा से आगे निकल आयी परन्तु

वह पेड़—वाक़ई वही एक उसके आगे पीछे एक लम्बी पंक्ति में खड़े होकर बराबर बोले जा रहे थे—पूरी। प—

5

केशव और कुन्ती काफ़ी देर से मुँह बाँधे कच्चे रास्ते पर नैनीताल की ओर चले आ रहे थे और उनके पिछले पहलू में जैसे कोई खेल मिल जाने पर पूरी उनके साये में रहकर चलने का जतन कर रही थी। दूर से नैनीताल का मोड़ देख कर केशव और कुन्ती तेज़ कदम हो गये जिससे पूरी के लिए उनके साये में चलना दुश्वार हो गया और उसकी उछल-कूद बढ़ गयी।

"हौले चलो।" कुन्ती ने अपने पति से कहा, "अपन से इतना तेज नाहीं चला जाता।"

"मोड़ पर पहुँच के दम लेंगे।"

पूरी को याद आया कि खाँगी से पहले दादा ने अपने हिस्से का चॉकलेट उसे दे दिया था। उसने खेलना छोड़ कर जेब से चाकलेट निकाला और उसके चिकने रंगदार कागज़ को दाँतों से फाड़ते हुए आस-पास को आँखों में भरने लगी।

सामने के पहाड़े पर एक भेड़ रेवड़ से अलग-थलग चरती हुई नीचे ही नीचे उतरती चली जा रही है। उस पर अचानक नज़र पड़ने पर गड़रिया उसे आवाज़ दे-दे कर उसके पीछे दौड़ा है—रंगी—ओ रंगी—रंगिया—रंगिया ने उसे सुन कर और नीचे की ओर छलाँग लगाई है। गडरिया दाँत पीस-पीस कर बोल रहा है—"नैनीताल की घास इत्ती ही मीठी लगे है तो जाओ, मरो—"

मौसम इतना साफ था, फिर भी कोई खोया हुआ बादल का टुकड़ा यहाँ उतरती धूप में अचानक बे-आवाज़ बरस पड़ा।

"दादा!" पूरी दादा के पैर दबाते हुए कई बार रुक जाया करती थी।

"ये आकाश पगला है क्या?"

"काहे को बेटी?"

"एक ही समय हँसता भी है और रोता भी है।"

"पहाड़ी आकाश ऐसे ही होवे पूरी–"

चलते-चलते पूरी के कान अचानक खड़े हो गये उसे अपने पीछे से चार पैरों की जानी-पहचानी चाप सुनाई दे रही थी।

"अरे।"

वह दौड़ कर इतनी बेइख्तियारी से लक्खी से जा लिपटी कि मालूम न होता था छह टाँगों में चार किसकी हैं और दो किसकी।

"पर ये आ कैसे गयी?" केशव ने आश्चर्य से अपनी पत्नी से पूछा।

"आये आये, और कैसे?"

"कई बार कह चुका हूँ पिछवाड़ा साला बन्द करवा दो, आगे चटखनियाँ लगवाने का क्या फ़ायदा, जब सारा पीछा खुला पड़ा हो?"

चन्द कदमों के बाद केशव ने फिर अपनी पत्नी की ओर मुँह मोड़ लिया है।

"अजीब जानवर है! घर से ही हमारे साथ चली आ रही है और हमें ख़बर ही नहीं होने दी।"

"जानवरों के पैर हलके जो होते हैं।" वह हँसने लगी।

"खी-खी हँसे जा रही हो।" उसे गुस्सा आने लगा। "उधर बाबा तुम्हारी जान को रो रहा होगा कि बकरी खो गयी है।"

"एक बात कहूँ?" कुन्ती अपनी एक सोच पर चौकन्नी-सी होकर रुक गयी। "अपनी लक्खी को उस मूए मुंछी से बचा के रखियो। रोज कहता है, ऊपर से कोई ताजा-ताजा जानवर ला के खिलाओ।"

अपनी बीवी को सुन कर केशव के जेहन में ये ख़याल रेंग आया कि बकरी आ ही गयी है तो उसे वापस भेजने के झंझट में क्यों पड़ा जाए–हाँ, और क्या, क्यों न उसे होटल के किचन के लिए बेच दिया जाए?

ग्रन्थी

लँगड़ा ग्रन्थी खाट पर बैठे हुए अपने डील-डौल को इतना ढीला छोड़कर गिराता है कि सामने की खाट पर आधा लेटा मखनी अपने कलेजे पर हाथ रख कर पुकार उठती है।

"सँभल के ग्रंथिया, ये तेरी मखनी नहीं, खाट है।" वह अपनी बीमारी भूलकर सीधी होकर बैठ जाती है। "चीखे बिना दम तोड़ देगी।"

"चीखे बिना मरेगी तो साउखी मरेगी।" ग्रन्थी के मुँह से निकल तो गया है परन्तु उसे पछतावा होने लगा है कि मूर्ख औरत अपने पेट की रसौली के दर्द से हर क्षण चिल्लाती रहती है, मेरा समाउक बोल कहीं अपनी ओर मोड़ कर मन दुखी न कर ले। "वाहेगुरु!"

कोई एक चौथाई शताब्दी पहले किसी छोटे-मोटे आर्मी एक्शन में एक टाँग गँवाकर ग्रन्थी को ज़िला अम्बाला के इस छोटे से गाँव में कुछ ज़मीन अलाट हो गयी थी। इसलिए वह अपने जिला अमृतसर को छोड़-छाड़ कर यहीं बस गया। मखनी जैसे केवल उसी के इन्तजार में अभी तक कुँवारी बैठी थी। कुछ जान-पहचान वालों ने उन दिनों उसे चेतावनी भी दी कि बामन कुड़ी से ब्याह करना पाप है, बामन कुड़ी की तो पूजा की जाती है। जवाब में लँगड़ा अपनी सरकार की ओर से लगाई गयी नकली टाँग को सहला कर हँसने लगा। ऐसे लई ते ब्याह कर रेयाँ यारो, कि उस दी पूजा कराँ।"

"आग और मिट्टी !" शादी के बाद जब मखनी की कोई सहेली उससे पूछती कि तुम्हारा सिक्ख जवान तो तुम्हारी पूजा करता

होगा तो हरियाणवी नार उसे बेधड़क जवाब देती, "आ तू भी उससे ब्याह कर के देख ले। लँगड़ा जान निकाल के रख देता है।"

ग्रन्थी को अपनी बामनी से इश्क हो गया था। वह अपने खाते-पीते लहजे में कहा करता।

"ओए, अपने पिण्डाँ विच ऐसी पुतलियाँ तोरा कित्थे? ओए, पूरियाँ पंजाह खा के भी जी न भरे। ओए.!" बस नयी नवेली नार की एक बोली थी जिस पर वह बिदक जाता था। परन्तु यह मुश्किल आप ही आप हल हो गयी, कि मखनी होते-होते अपनी हरियानवी हिन्दुस्तानी में पंजाबी बोलने लगी और ग्रन्थी अपनी पंजाबी में हिंदुस्तानी—चल्लो, अमृत छक के अब तो वह अपनी सिखनी हो ही गयी ए। ब्याह तो पहले ते कोई सिंधिया या प्रभात दई थी।

"वाहगुरु! वाहगुरु!" खाट पर ज़रा-सा फैल कर ग्रन्थी ने यकायक वाहगुरु को याद किया है तो मखनी को अपने दिल की धड़कन रुकती हुई-सी महसूस हुई है। कोई और होता तो यही सोचता कि अपने वाहगुरु को ही याद कर रहा है, परन्तु अपने मर्द के मुँह से इस तरह वाहगुरु का जाप सुन कर मखनी को साफ़ मालूम हो जाता है कि वह कराह रहा है। परन्तु पहली बार सुहाग रात को उसका घूँघट हटा कर जब वह वाहगुरु, वाहगुरु करने लगा तो उसे भी यही लगा कि मुझे इतना सुन्दर पाकर मेरे मर्द की बाछें खिल गयी हैं और उसने शोख़-सी शर्म से अपनी आँखें झुका लीं। अब चाहिए तो ये था कि वह चुप होकर उसकी ओर हाथ बढ़ा लेता परन्तु वह वाहगुरु को ही याद किए जा रहा था। आखिर झल्लाकर वह पीछे सरकने लगी तो वह मानो पटरी से उलट कर पसलियाँ सँभालते और कपड़े झाड़ते हुए बोला, "बात असल में ये है मखनिए, जब मैंने तुम्हारा घूँघट हटाया तो मेरी आँखियाँ में एकदम वह ही चेहरा उभर आया। तुम तो मेरी जनानी हो, मेरा जी कुत्तियाँ, बिल्लियाँ पर भी आ जाता है तो वह भी मुझे वही दिखने लगती हैं।"

मखनी अपना दुल्हनपन भूल के सीधी बैठ गयी। "हाय! मेरी किस सौत की बातें कर रहे हो?"

"वाहगुरु!" ग्रन्थी ने बात को बदलना चाहा परन्तु गले में

अटकी हुई सच्चाई उसे काँटा बना कर चुभने लगी। "घबराओ नहीं मखनिये, उस भली लोक को मरे-मुके तो उम्राँ बीत गइयाँ हैं। कान खोल के सुनो। वह मेरे बड़े भाई की विधवा थी।" वह अपनी बात रोक कर हँसने लगा। मखनी ने बेचैन होकर पूछा, "खी-खी हँस रहे हो, बात करो।"

मुझे अपने पियू का ख़याल आ गया। वह जैसे अपने पिता हू-ब-हू अपने सामने ज़रा रुक गया हो। "वाहगुरु ऊस को बख्शे, बड़े स्वाद का आदमी था। एक दिन कहने लगा, पुतरा धरती की बुआयी न होती रहे तो सख़्त होके बंजर पड़ जाती है।"

"पहले अपनी भाभी वाली बात तो पूरी कर।"

"उसी की बात तो कर रहा हूँ, मेरे बापू ने मुझे समझाया, तुम्हारा घर-बार दानों से भर जाएगा पुतरा, बस चुपचाप धन कौर से ब्याह कर लो। मैंने बापू को जवाब दिया, बड़े भाई की जनानी तो माँ के बराबर होती है। बापू हँस-हँस कर दोहरा हो गया और बोला ओए मूरखा, फीर क्या मैं खूसट ऊस से ब्याह कर लूँ? मेरी तो वह धी के बराबर है। सो इस गल्ल बात के बाद मैंने अपनी भाभी को इसी ध्यान से देखना शुरू कर दिया और मुक्ति बात ये है हमारे लाँगड़ एक दूसरे से बाँध दिए गये।"

"हाय, तुमने मुझे पहले क्यों नहीं बताया?" मखनी अपने आदमी से परे सरक गयी।

"ओए ब्याह हमारा अब हुआ है।" वह उसकी ओर खिसक कर बोला। "पहले कैसा बताता? आगे सुनो। मेरी धन कौराँ के अन्दर इतनी नहरें बहती थीं कि इधर बेच डालो, उधर फूट आए, परन्तु हमारा बच्चा पैदा होने से पहले ही मैं लाम में भर्ती हो गया और धन कौराँ मेरी ग़ैर हाज़री में चली गयी।"

"कहाँ चली गयी?"

"मर के आदमी कहाँ जाता है?"

"और बच्चा?"

"मरा हुआ बच्चा था, रस्ता भूल कर इधर ही आ निकला... वाहगुरु!"

"वाहगुरु!" ग्रन्थी को प्यास लगी हुई है परन्तु बनावटी टाँग पर खड़ा होने के विचार से ही उसे वहशत हो रही है। वह सोचने लगा है, "कितना अभागा घर है। सेवा के लिए घर में कम से कम एक पुत्र तो हो। तुझे कई बार समझा चुका हूँ। मखनिए, पैदा न कर सको तो बना लो।"

ग्रन्थी की ज़मीन ख़ासी बंजर थी यहाँ तक कि उसने इसे गुदगुदा-गुदगुदा कर गदरा बना लिया, और जो हिस्सा वैसे का वैसे रह गया वहाँ उसने अपना घर खड़ा कर लिया। वह अपनी पत्नी से कहा करता, मैं तो यहाँ तुम्हारे साथ हरियाणा में रह रहा हूँ, परन्तु वह देखो मेरी खेतियाँ, मेरे सोने पंजाब की खेतियाँ, मैंने उन्हें ख़ून-पसीने से इतना पोला कर दिया है कि नज़र भर के देखने पर ही पेट से हो जाएँ।

"क्या फ़ायदा, ग्रन्थिया?" मखनी को मुँह खोले बिना चैन नहीं आता। "मुर्दा बच्चे जनने से तो अच्छा है पेट ख़ाली ही रहे।"

उन दोनों ने कोई "दक़ीक़ : फ़र्द गुज़ाश्त" न किया, फिर भी मखनी के पेट की भाईं-भाईं थमने में न आयी।

"तू बस हौले से हाँ कर दे मखनिए, फिर देख मैं अपने पंजाब से तुम्हारे लिए कैसा मुण्डा लाता हूँ, इतना सोना सजीला, कि तैनों लगेगा तेरे पेट से ही निकला है।"

"बेगाने फिर बेगाने ही होते हैं सरदारा।"

"वाहगुरु! वाहगुरु" ग्रन्थी का हाथ खाट के एक पाए के सर पर जा पड़ा है जिसे बेख़्याली में अपनी बनावटी टाँग का घुटना समझ कर वह स्वभावतः सहलाने लगा है।

"तू आज बार-बार कराह क्यों रहा है ग्रन्थिया? क्या आज फिर कुछ हो गया है?"

"कुछ नहीं हुआ। होता क्या है?" परन्तु बात उसके दिल से उछल कर फिर कण्ठ में आ फँसी है। "अपना नम्बरदार है ना। आज उसका सर खड़े खेतों की आड़ में झूलते देख कर मैं तो समझा, यही वह जानवर है जो रोज़ मेरी कच्ची क्यारियों पर मुँह मार जाता है। सामने आया तो न राम-राम, न सत श्री अकाल, छूटते ही बोला,

"तुम से बड़ी गम्भीर बात करने आया हूँ।"

मखनी के पेट की रसौली जैसे अन्दर ही अन्दर रगड़ खा गयी हो—"हाय कौन-सी गम्भीर बात?"

"और कौन-सी? बस ये, तुम्हारे भाई-बन्धु पंजाब में कितना हुल्लड़ मचा रहे हैं। मैंने पूछा, तो फिर इसमें मेरा क्या दोष? कहने लगा, हाँ, तुम्हारा क्या दोष? दोष तो सारा हमारा ही है। मैंने बड़ी मुश्किल से गुस्सा रोक कर पूछा, क्या मतलब?—मतलब ये, कि गाँव के लोग कहते हैं तुम को बोल दिया जाए?—लड़ते क्यों हो ग्रन्थी?—तुम ही बताओ मखनी, हर किसी ने आँखों में गोलियाँ भर ली हों तो बन्दूक का ख़याल कैसे न आवे? थोड़ी देर हमारी तू-तू में-में होती रही, फिर उसने ये कह कर पीठ मोड़ ली, इस समय मौसम भी गर्म है ग्रन्थी और तुम भी, मैं सवेरे ठण्डे-ठण्डे तुम्हारे घर आऊँगा।"

"क्या करने आएगा?" मखनी चमक कर बोली है। ये नहीं जानता तुम सिक्खों की तरह नहीं हो।"

"वाहगुरु!" ग्रन्थी ने अपना सर पकड़ लिया। "यदि मैं सिक्खों की तरह नहीं तो मेरी आत्मा सच खण्ड में पहुँच चुकी, इधर हरियाणा में ही भटकती रह जाएगी।"

इस गाँव के इन्सानों, जानवरों और पेड़ों में अकेला ग्रन्थी ही सिक्ख है और सभी में तुरन्त अलग नज़र आता है। पहले तो यूँ था कि जब कभी वह पगड़ी के शिमले की छाया में अपनी घनी दाढ़ी के बीचोंबीच मूँछों को उपरि होंठ पर क्रिपाणों की तरह उठाए हाथों में अपनी लाइसेंस की दोनाली बन्दूक लेकर निकलता तो गर्वीलों की भीड़ जमा हो जाती।

"हाँ, ताऊ" चुन्नी हलवाई अपने किसी ग्राहक को मुख़ातिब करके बोल रहा होता। "बताओ, आस-पास के गाँव में कहीं एक पुलिस चौकी भी है? परमारा गाँव देखो, इधर फ़ौजें उतरी हुई हैं।"

"दाएँ मुड़े!" किसना जलेबी खाना छोड़ कर ग्रन्थी को उनकी ओर मुड़ आने की फ़ौजी हिदायत करता।

ग्रन्थी दाएँ मुड़ के अपने आपको उनके क़रीब 'हाल्ट' का आर्डर देता और फिर विश्राम के पोज़ में रुक कर इतने ज़ोर से हँसता कि

महाशय की मेंढी हुई चोटी गाँधी टोपी के अन्दर आप ही खुल जाती और वह घबरा कर पूछता, बन्दूक खाली है या भरी हुई?

ग्रन्थी की दोनाली बन्दूक दरअसल सारे गाँव की हिफ़ाजत का खुला ऐलान थी। ज़ेवरों से लदी-फँदी नयी ब्याहताओं को अँधेरे सवेरे कहीं बाहर आना-जाना होता तो ग्रन्थी अपनी नक़ली टाँग और असली बन्दूक से लैस होकर उनके आगे-आगे उनको पक्की सड़क तक छोड़ने जाता।

परन्तु फिर अचानक पंजाब से नरसंहार की ख़बरें आने लगीं और किसी ने उन पर कान न धरे तो उन्होंने इतने ज़ोर से चिल्लाना शुरू कर दिया कि बाक़ी सारी आवाज़ें डूब गयीं। इस छोटे-से गाँव में इन वारदातों का एक स्थानीय असर ये हुआ कि जिस ग्रन्थी के मुँह सर के बाल गाँव वालों के नज़दीक उसके हीरो होने के प्रतीक थे, उन्हीं के कारण अब उनके दिलों में कई तरह के सन्देह पैदा होने लगे। और यूँ हर नयी दहशतनाक ख़बर कानों में पड़ने पर उनके जहनों में किसी अनजाने आतंकवादी की बजाय ग्रन्थी का ही पहचाना चेहरा उभर आता। वह जैसे अपने इस विचार से मुक्ति प्राप्त करने के लिए सर झटकने लगे, परन्तु सर झटक-झटक कर आदमी और ज़्यादा संदेह में घिर जाता है। इसलिए यही हुआ। ग्रन्थी की समझ में न आता था कि उन लोगों को क्या हो गया है, या—वह सोचता, कहीं मेरे ही सर कोई भूत तो नहीं चढ़ आया, जिसके छूमंतर से मैं उन्हें दिखाई नहीं देता, या आदमी से भेड़िया दिखाई देने लगा हूँ।

इन्हीं दिनों क्या हुआ कि करीब की पक्की सड़क से दो आतंकवादी एक बस को हाइजेक करके पाँच-सात कोस पर एक जंगल में ले गये जहाँ से गैर सिक्ख मुसाफ़िरों को पंक्ति में खड़ा कर के गोलियों से भून दिया गया। इस घटना के बाद गाँव में कई दिन हलचल मची रही। ग्रन्थी के दिलोदिमाग़ में तो भूचाल आ गया और जो कुछ उसका बचा रह गया उसे समेटकर उसने आईने में अपनी शक्ल देखी तो अपना आप उसे कोई ख़ूँख़ार जानवर मालूम होने लगा।

"मैं समझता था मखनिये, वह एक रोज़ अपनी पत्नी के सामने दिल खोलने लगा—मैं अच्छा तो सारा जग अच्छा।"

"ठीक ही तो है।"

"नहीं मखनिये। मैं-वैं सब बकवास है। कुछ हो सकता है तो हम सभनाँ से —एक अकेले में से नहीं, ध्यान से सुनो मखनिये।"

"ध्यान से ही तो सुन रही हूँ।"

"तो फिर बोलो, सारा जग अच्छा तो मैं अच्छा।"

मखनी मुँह ही मुँह में बोलने लगी।

"नहीं मखनिये ऊँचा बोलो, सच्चाइयों को बड़ी मोटी आवाज़ में बोलो। सच्चाइयाँ सभनाँ की साँझी होती हैं। केवल हमारा झूठ अपना-अपना होता है।"

इस सारे दौरान ग्रन्थी आतंकवादियों के किए धरे पर बड़ी शर्मिन्दगी महसूस करता रहा और गाँव वालों की नज़रों से बचता फिरा, जैसे किसी से आँखें चार होते ही ढेर हो जाएगा।

उसी ज़माने का ज़िक्र है कि एक दिन अचानक ग्रन्थी का कोई दूर पार का छह फुटा रिश्तेदार एक फुट भर और एक और पूरी गज़ भर लम्बी क्रिपाण कमर पर लटकाये और हाथ में अपने क़द से भी दो हाथ ऊँचा भाला थामे आ गया।

"क्यों भाई बालसिंघा," ग्रन्थी ने हँस कर उसे पूछा, "गले मिलने आयां या युद्ध करने?"

जवाब में बालसिंहा ने ऐसे कड़क कर ठहाका लगाया, मानो सावन-भादों का बादल गरजा हो। मखनी को तो वह पहली नज़र में इतना भा गया कि वह सोचने लगी, हाए, मेरी कोई जवान बेटी क्यों नहीं?

परन्तु गाँव में उसी क्षण खुसर-फुसर शुरू हो गयी कि ग्रन्थी के घर पंजाब का कोई आतंकवादी आया है। नम्बरदार ने बड़ी मुश्किल से दो दिन इन्तज़ार किया और फिर बालसिंह की रवानगी के अगले ही दिन मखनी को उस समय घर में जा लिया जब वह अकेली थी।

बूढ़े नम्बरदार को देखकर वह दोपट्टे से अपना सर मुँह ढाँपने

लगी। "राम-राम ताऊ!"

"राम राम बेटी।" नम्बरदार खाट पर बैठ कर अपनी ढीली पगड़ी को खोल कर फिर से बाँधने लगा। "सुनाओ, तुम्हारी रसौली ठीक है?"

"रसौली ठीक है ताऊ, इसीलिए तो मैं ठीक नहीं?"

नम्बरदार हँसने लगा। "बूढ़ी हो गयी हो पर जबान अब भी वैसे ही चलती है।"

"केवल ज़बान ही चलती है ताऊ। सरीर भी तो चले।"

"इस अवस्था में तो जो भी चले प्रभात दई।" वह अभी तक मखनी को उसके पहले नाम से ही बुलाता था।

"परन्तु ताऊ, अवस्था तो तुम्हारी हो गयी है।"

"तो क्या हुआ? तुम्हारी भी हो जाएगी।"

नम्बरदार के सर पर पगड़ी कस गयी तो उसने अचानक मुँह पक्का कर कहा। "तुम हमारे ही गाँव की धी हो प्रभात दई। एक बात सच्ची-सच्ची बताओ। ये सिक्ख सरदार कौन आया था?"

"कौन सिक्ख सरदार?"

नम्बरदार की पगड़ी फिर खुलने लगी और अब के उसके गंजे सर पर नज़र पड़ने पर मखनी के मुँह से हँसी की धार फूट पड़ी जिससे उसके पेट में बल-सा पड़ा तो उसकी रसौली दुख गयी, फिर भी वह पेट पर हाथ रखे लगातार हँसती रही। अरे ताऊ, तुम्हारे सर पर तो एक भी बाल नहीं बचा।

"तुम्हारी ताई के होते कैसे बचता?" नम्बरदार अपने सर पर पगड़ी के बल फिर तेज-तेज कसने लगा। "पामारी बात तो बीच में ही रह गयी।"

"तुम्हारी बात का कोई सर-पैर भी तो हो ताऊ।"

"नईं, बताओ, ये सिक्ख सरदार कौन था?"

"तुम अपने बाल सिंह के बारे में पूछ रहे हो। बड़ा नटखट है ताऊ। कहता था, ओए चाची, आओ, मेरे संग भँगड़ा नाच के देखो, तुम्हारी रसौली की सारी पीप बह जाएगी।"

"परन्तु वह है कौन?"

"ग्रन्थी का कोई दूर का रिश्तेदार है।"

"रिश्तेदार होता तो पहले भी कभी आता।"

"तो मैं क्या झूठ बोल रही हूँ?" मखनी को गुस्सा आने लगा। "कोई उसी समय आता है जब उसे आना होता है।"

"परन्तु........"

"परन्तु-वरन्तु कुछ नहीं, और जो पूछना है ग्रन्थी से पूछो" वहाँ से उठ कर नम्बरदार का सन्देह पक्का हो गया।

"आदमी दिल का बुरा नहीं।" उसने पंचों को ग्रन्थी के बारे में बताया, "परन्तु दाल में कुछ काला जरूर है।"

"वाहगुरु! वाहगुरु।" ग्रन्थी अपनी दाढ़ी खुजाने लगा जैसे वहाँ कोई तिनका अटका हुआ हो। औरों को छोड़ो। वह सोच रहा है मुझे स्वयं अपने आप पर शक होने लगा है। क्या पता, किसी शाम को मैं चुपके से चौपाल पर जा पहुँचूँ और एक-एक पर अपनी दोनाली बन्दूक खोलता जाऊँ? तड़तड़। ठा। धा। धम!

"वाहगुरु!" वह पानी पीने के लिए मटके की ओर बढ़ता है और उसकी नज़र में नम्बरदार यहाँ गोलियों से छलनी होकर गिर पड़ा है और चौधरी राजा राम यहाँ, और ये चुन्नी हलवाई का बाप। ठा-ठा! ये किसी का तीन-चार साल का बच्चा भी गिर पड़ा है, ओए कोई इसे उठाओ। किसी निर्दयी ने इस मासूम को भी नहीं छोड़ा। ओए तू! पानी पर झुकते हुए उसे अपनी छाया नज़र आती है। तूने इस मासूम को कत्ल कर दिया है? ओए ज़ालिमा! ज़ालिमा! वह अपने आप से गुत्थम-गुत्था हो गया है और पानी को मुँह से लगा कर तेज़-तेज़ खाँसने लगता है।

"धीरे पियो।" उसकी पत्नी अपनी खाट से पुकार रही है। पानी पीकर वह घाट पर आ बैठा है।

"ये लोग तुम्हें पहचान ही नहीं सके।"

"पहचान तो मैं भी गँवा बैठा हूँ इनकी।" उसने मखनी को जवाब देते हुए स्वयं को भी बताया। "हर एक को बिट-बिट देखता चला जाता हूँ, कोई अपने मुँह मत्थे में दिखता ही नहीं।" ग्रन्थी को महसूस हुआ है कि उसका सर चकरा रहा है। उसने अपनी पगड़ी

उतार कर एक ओर डाल दी है। ''बस उन्हें देख कर उनकी याद-सी आ जाती है और दिल में हूक-सी उठने लगती है कि ये चले किधर गये। वाहगुरु!''

फिर कराहने लगे। मखनी ने बिलबिलाकर कहा है, ''इस तरह मेरे पेट की रसौली दुखा देते हो।''

''ओए, अपनी ही मारे जा रही हो, मेरी भी सुनो। इस पिण्ड से सचमुच के लोग किधर चले गये? जिधर देखो उनके भूत ही भूत दिखाई देते हैं।''

मखनी ने कुछ कहने को मुँह खोलना चाहा है परन्तु ग्रन्थी ने उसे रोक दिया है। ''पहले मेरी सुन लो। अभी-अभी क्या हुआ, इधर आते-आते मुझे घसीटा घी वाला मिल गया। मैं बड़ा खुश, कि दो-चार करारे लतीफ़े सुनाएगा। ओए घीसू! घीसू! वह मुड़ा नहीं तो मैं और जोर से पुकारा। ओए नक़ली घीसू! फिर वह न रुका। कैसे रुकता, मखनिए? मेरा यार नक़ली घीसू तो यहाँ मेरे दिल में है। वह साला कोई असली घीसू होगा, नहीं तो मुझे मना करके भी कोई फड़कता हुआ लतीफ़ा सुना जाता। सुन भापे, आगे सुन! फिर अपने सरदार जी पहाड़ की चोटी पर जा पहुँचे और महाराज के आदेश के अनुसार चोटी पर खड़े होकर वाहगुरु से सोना-चाँदी माँगने लगे। फिर, फिर क्या हुआ कि अचानक भूचाल के झटके आने लगे। जिन्हें महसूस कर के सरदारजी बोले, ओए वाहगुरु, सोना-चाँदी नहीं देता, न दे, झटके क्यों देता है?''

''हह–हा–हह।''

मखनी इतने जोर से हँसी है कि ग्रन्थी घबरा गया है।

''ओए, इतने ज़ोर से मत हँसो, नहीं तो उससे भी जोर से रोओगी। ग्रन्थी ने टाँगें खाट पर फैला ली हैं और आँखें सीट ली हैं। मैं बड़ा कल्ला पड़ गया हूँ मखनिए।''

''परन्तु तू तो कहता है ख़ालसा अकेला भी हो, पूरा सवा लाख होता है।''

''इसीलिए ग्रन्थी की एक टाँग जंग की भेंट हो गयी थी कि वह दुश्मन के घेरे में अकेला डटा रहा, हाँ इसी भरोसे पर, कि दुश्मन के सिपाही सौ-पच्चास से ज़्यादा क्या होंगे, परन्तु मैं अकेला पूरा सवा

लाख हूँ, या फिर जब वह ग्रंथ साहब का पाठ कर रहा होता है तो मखनी कई बार कहती है, आहिस्ता पढ़ो। एक अकेले तुम ही तो अपनी आवाज़ सुन रहे हो, या फिर एक मैं।''

''ओए, नहीं, मखनिए।'' वह उसे पाटदार आवाज़ में जवाब देता है, ''मैं ऊँचा न पढ़ूँगा तो सवा लाख संगत के ढाई लाख कानों तक मेरी आवाज़ पहुँचेगी? बोलो ना, कैसे पहुँचेगी? और नहीं पहुँचेगी तो साध संगत मुझे ग्रन्थी समझेगी या गुरुवानी चोर? बोलो।''

''मैं क्या बोलूँ? मैंने तुम्हारी गुरुवानी पर कान धरे जीवन काट दिया है।''

''इसीलिए मुझे विश्वास है।'' उसके जवाब से खुश होकर ग्रन्थी को अपनी पत्नी भी पूरी सवा लाख मालूम होने लगती है। और वह अपनी आवाज पाठ पढ़ने के अन्दाज़ में ऊँची कर लेता है। ''हाँ, पूर्ण विश्वास है तुम्हारी रसौली आख़िर में जरूर ठीक हो जाएगी।''

''आख़ीर में तो सभे रोग आप ही ठीक हो जाते हैं।''

''नहीं मूर्खे, उल्टे-सिद्धे बोल मत बोला कर।'' वह बात को ज़रा खोल कर समझाने का फैसला कर लेता है। ''ध्यान से सुन! ग्रंथ साहब का पाठ करते हुए मैं तो अपनी आवाज़ सुन ह रहा होता हूँ। परन्तु बात इधर नहीं रुक जाती मेरी आवाज़ में भी सुन ही रहा होता हूँ, तू भी, बाहर गाँव का गाँव भी मनुष्य, जानवर, पखेरू। जो भी एक गुरुवानी पर कान धरे होते हैं वह भिन्न-भिन्न नहीं रहते। अन्दर ही अन्दर एक होते चले जाते हैं। बोल, सत नाम श्री वाहगुरु!''

''सत नाम श्री वाह गुरु!'' मखनी भगती रस से आँखें बन्द कर लेती है और फिर झट ही उन्हें खोल कर उसे मुख़ातिब कर के कहती है। ''इसीलिए आकाश में पंछी देख-देख कर मुझे लगता है मैं ही खेल-खेल उड़े जा रही हूँ, फिर बहुत दूर। न जाने कहाँ पहुँच कर हड़बड़ा जाती हूँ कि तुम्हें अकेला छोड़ आती हूँ।''

''ओए, बेशक तू बड़ी बामनी है, पर है तो औरत जात।'' ग्रन्थी कुछ प्यार और कुछ झल्लाहट से उसे बताता है, ''यही तो समझा रहा हूँ। पाठ करने वाला और पाठ सुनने वाला दो नहीं होते। तू यदि

सचमुच दिल की बगिया में बैठ कर मेरा पाठ सुन रही होती है तो मैं मखनी हो चुका होता हूँ और तू ग्रन्थी।''

''न बाबा, तुम भी मखनी बन गये तो मेरे पेट की रसौली से तुम्हारा दम निकल जाएगा।''

''ओय, बात को समझती क्यों नहीं?''

''समझ रही हूँ, लड़ते क्यों हो?''

कुछ ही माह पहले गाँव के लोग भी ग्रन्थी को इसीलिए अपने आप से जुदा नहीं समझते। जब वह अपने घर में ऊँची आवाज़ से ग्रंथ साहब का पाठ कर रहा होता तो वह अपने घरों में उसे सुन-सुन कर सर धुन रहे होते। मास्टर राम रक्खे ने तो पार साल अपने बेटे की शादी पर ही ऐलान कर दिया था कि पहले पोते को गुरु का सिक्ख बनाएगा। परन्तु ग्रन्थी को तो सभी अपने जैसे गुरु के सिक्ख ही मालूम होते थे, परन्तु अब इन दिनों-महीनों में ही क्या से क्या हो गया है। ग्रन्थी पाठ करने के अन्दाज में आँखें अर्द्ध मुँदी-सी किए सोच रहा है सारे पिण्ड में भूतनाक जैसा क्यों बँध गया है? गोलियाँ पंजाब में चल रही हैं और लोग यहाँ मर रहे हैं और मर कर भी वैसे ही चल रहे हैं। चुन्नी!—भाइया!—चाचा चौधरी! ओए घीसू! घीसू!— मुर्दों को मेरी आवाज़ें कैसे सुनाई दें? मैं उनसे क्या शिकायत करूँ, बलरामा पहलवान जब मेरी सारी कौम को गालियाँ देता है तो ये उसकी हाँ में हाँ मिलाते हैं। ओए! ओए बलरामिया!—बलरामे!—ठहरो ऐ, मेरी बात तो सुन। ओए, मैंने तेरा क्या बिगाड़ा है? मुझे गालियाँ क्यों देता रहता है? क्या? देगा!—ओए, तूने मुझे हरामज़ादा कहा है?—क्या? मेरे गोरुओं को गालियाँ बकता है? ठहर जनाने! बुज़दिला! ओए, अपनी पहलवानी माँ-बहन को दिखा—ठहर!—ग्रंथी टूटे-टूटे साँस लेते हुए उठा है और सत श्री अकाल का नारा ऊँची आवाज़ से लगाकर के पीछे की कोठरी की ओर बढ़ा है।

''हाय, क्या हुआ, ग्रन्थिया?''

मखनी की चीख़ ने उसका पीछा किया है परन्तु वह चीख़ की पकड़ में आये बिना अपनी गोलियों से लदी दो नाली बन्दूक़ उठा लाया है और बीमार पत्नी की चीख़-पुकार से कमेसर बहरा होकर

छत-दीवार और फ़र्श पर लगातार गोलियाँ दाग़ने लगा है। ठा—ठा! वाहगुरु!—ठा! वाहगुरु!

और उसके घर के बाहर यहाँ-वहाँ बदहवास गाँव वालों के ठट के ठट जमा हो रहे हैं और नम्बरदार चिल्ला रहा है, जैसे भी हो प्रभात दई को बचाओ—और—

प्रेत

"ये कैसे हो सकता है, पप्पा?"

हम बाप-बेटा दोनों दशहरे के दिन रामलीला ग्राउण्ड में एक सुरक्षित ख़ेमे में कुर्सियों पर साथ-साथ बैठे थे और रावण के गिरने का इन्तज़ार कर रहे थे।

"क्या कैसे हो सकता है, मोहित?" मेरे बेटे ने अभी दूसरी कक्षा भी पास न की थी परन्तु क्या मजाल, बाल की खाल निकाले बिना चुप्पी साध ले।

"यही कि रावण के दस सर थे।"

मेरी समझ में न आया कि मैं उसे कैसे समझाऊँ, परन्तु मैं अपने आपको समझाने लगा कि एक ही व्यक्ति दस सरों से सोच कर किसी फ़ैसले पर पहुँचता है तो यही होता है, जो रावण से हुआ। "ज़्यादा सोचा मत करो बेटे।" पास ही एक आइसक्रीम वाले को रोक कर मैंने उससे कहा। "लो आइसक्रीम खा लो।"

आइसक्रीम हाथ में लेकर वह फिर पूछने लगा, "बताओ ना, पप्पा, रावण के दस सर कैसे हो सकते हैं?"

"रावण बड़ा बुद्धिमान था, बेटा।" मोहित के साथ की कुर्सी से एक बूढ़ा उसे बताने लगा।

"तो फिर वह सीता मैया को क्यों उठा ले गया?"

उस बूढ़े से कोई जवाब न बन पाया तो हमारे पीछे से किसी जवान ने उसे जवाब दिया। "इसीलिए कि बुद्धिमान था।"

आइसक्रीम को मुँह में घुलते पाकर मोहित को जैसे सब कुछ

सरल मालूम होने लगा और वह अकारण मुस्कुराने लगा। परन्तु तवा के? आइसक्रीम का कप ख़ाली होते ही उसके ज़ेहन में फिर ऐंठन होने लगी और उसने लक्ष्मण के तीर की तरह अपना वही सवाल छोड़ा। "परन्तु पप्पा, रावण के दस सर कैसे हो सकते हैं?"

उसकी समस्या हल किए बिना अब कोई चारा ही न था।

"क्यों नहीं हो सकते बेटे?"

"तो फिर तुम्हारे एक ही क्यों है, पप्पा?"

"मैं रावण थोड़ा ही हूँ?"

"हाँ, यही तो पूछ रहा हूँ, रावण के दस सर कैसे हो सकते हैं?"

अपना बिज़नेस शुरू करने से पहले मैं स्कूल मास्टर था और बुद्धिमान बच्चों को कन्फ्यूज़ करके मुझे बहुत इत्मीनान होता था, "अच्छा बताओ, तुम्हारा एक ही सर कैसे हो सकता है?"

"मेरा तो है ही एक सर।"

"हाँ" मैंने ज़ोर डाल कर कहा, "जिसके जितने भी सर हों, उतने ही होते हैं।"

बच्चा सर खुजाने लगा, "नहीं, मैं ये पूछ रहा हूँ, केवल रावण के ही दस सर क्यों थे?"

"वेरी सिम्पल बेटे, क्योंकि केवल रावण ही रावण था।"

जवाब में उसे चुप पा कर मैंने शुक्रिया अदा किया।

कई बार अपनी माँ के बारे में मोहित के सवाल ख़त्म होने में नहीं आते। उस समय मेरा सर इतना बोझल हो जाता कि मालूम होता है रावण की तरह मैं भी दस सर उठाए हुए हूँ और जी चाहता है अपनी पत्नी को उसके पति के यहाँ से ज़बरदस्ती उठा लाऊँ। मोहित अभी तीन साल का ही हुआ था कि सरला ने मुझ से डिवोर्स लेकर दूसरा विवाह कर लिया। कारण? ...और क्या कारण होना था? मुझ से विवाह करने से पहले एक शादी-शुदा मर्द के इश्क में गिरफ्तार थी। आखिर कुछ साल बाद उसके प्रेमी की पत्नी रहस्यमय स्थिति में चल बसी तो वह डिवोर्स के बहाने खोजने लगी और उसी समय दम लिया जब अपनी कोशिशों में सफल हो गयी। मुझे शक

तो था कि मोहित, मेरी पत्नी के आशिक का ही बेटा होगा। उसका मुँह माथा उसी पर गया था। परन्तु मैं मोहित से इतना घुलमिल गया था कि उस से दूर होने की कल्पना भी न कर सकता था। जिसे हम खून के रिश्ते का नाम देकर इतराते हैं उसमें भी हमारी चाह की आदतें ही काम करती हैं। अन्यथा आदमी और जानवर के रिश्तों की सच्चाई पर विश्वास न किया जा सके, बल्कि रिश्तों की सच्चाई ही अविश्वास जैसा मालूम होने लगा। मैंने शुक्र किया जब मेरी पत्नी मोहित को मेरे पास छोड़ने पर राज़ी हो गयी। मौत पर नक़ल और हरकत शायद इसीलिए आँख झपकने में हो पाती है कि किसी को अपने गुनाह नहीं ढोना होते। सच पूछिए तो मैं भी किसी समय अपनी इस इच्छा से 'बेताब' होने लगता हूँ कि मर कर भी कोई नया और कोरा जीवन नसीब हो।

मैं शायद ऊँघने लगा था। उलटे-सीधे धन्धे करने वाले की रात तो करवटें बदल-बदल कर बीत जाती है। उसका बस उठते-बैठते ऊँघ कर ही सोना हो तो हो। मैं जब स्कूल मास्टर था तो मोटा खाता और गहरा सोता था। परन्तु मोहित की माँ मेरे खर्राटे सुन-सुन कर सर फोड़ने लगी थी। उसी के कहने पर मैंने अपने सभी साधनों को इकट्ठा कर के और अच्छा-ख़ासा कर्ज़ उठा कर एक बड़ा होटल खोल लिया। अब मेरे दिन-रात तो होटल की देखभाल में गुज़रने लगे और सरला के, अपने पुराने प्रेमी से बेरोक-टोक मिलने-मिलाने में। गरीब की कमाई अचानक इतनी बढ़ जाए और उस से सँभलने में न आए तो अन्धे को ख़ुशी में कुछ सुझाई ही नहीं देता। होटल से मैं कभी घर के रास्ते चलता तो होटल ही में आ पहुँचता उन्हीं दिनों सरला ने परेशानी भरी आवाज़ में मुझे बताया कि न जाने मोहित किस रास्ते उसकी कोख में आ पहुँचा है। उसी दिन मैं उसके लिए लड्डू लाया था। क्योंकि मेरे होटल का थ्री स्टार चिन्ह तसलीम कर लिया गया था। मैंने उसका सिटपिटाया हुआ मुँह लड्डुओं से भर दिया। वह बच्चे को अपनी कोख में नहीं रखना चाहती थी लेकिन मैंने ऐसा न होने दिया। अपने होटल के स्टाफ़ को भी यही समझाया करता था कि जो आगन्तुक अपने खाने-ठहरने के लिए मुँहमाँगी पेशगी अदा

करे उसके लिए अपने वजूद में भी जगह बना कर उसे रख लो।

अपनी ऊँघ से बाहर आने की कोशिश करते हुए मैंने महसूस किया कि रावण का बुत अपने दसों सर हिला-हिला कर मेरे सर पर खड़ा कहक़हा रहा है, या शायद मैं ही दस मुँहों से पटाखे छोड़ने लगा हूँ। मैंने मोहित से पूछा। "क्या रावण को आग लगा दी गयी है बेटे?"

"नहीं पप्पा, अभी कहाँ?"

मैं अपने सर पर हाथ फेरते हुए हँसने लगा।

"तुम हँस क्यों रहे हो पप्पा?"

रामलीला में राक्षस इस तरह हँसते हैं जैसे उन्हें गुदगुदाया जा रहा हो? मेरे ज़ेहन में दरअसल एक आबदोज़ कश्ती चली आ रही थी जिसमें लाखों के स्वयं निर्मित विनाशकारी हथियार लदे हुए थे। पिछले साल अपने होटल में यात्रियों में से मेरा मिलना पश्चिम के एक ऐसे शिल्पकार से हो गया था जो तीसरी दुनिया के देशों में अफीम और कोकीन के बदले हथियार सप्लाई करता था। मेरा उस से मामला पट गया तो मेरा अधिकतर समय उसी कारोबार में बीतने लगा। होटल-वोटल तो दिखावे का पेशा होकर रह गया। कोई अच्छा व्यापारी तो एक ही थ्यूरी को काम में लाता है, डिमांड और सप्लाई की थ्यूरी। पश्चिम अपनी शक्ति से इतना भयभीत है कि होशोहवास खोकर जीना चाहता है और पूर्व लड़ता-भिड़ता न रहे तो उसे अपनी आज़ादी का विश्वास नहीं होता। इसीलिए मैं दोनों ओर की आवश्यकताएँ स्मग्ल करने में जुट गया—नहीं, लोग मरते हैं तो मेरा क्या दोष? मुर्दे गिनना बेकार लोगों का काम है। मैं तो सीधे-सीधे अपने काम से काम रखता हूँ। जैसे भी एक के दस बन जाएँ।

"पप्पा..."

"हाँ, बेटे..."

"क्या सोच रहे हो पप्पा?"

"तुम भी सोचा करो बेटे।"

"क्या सोचा करूँ?"

मैंने सोचा उसे एक से दस बनाने की बात बताऊँगा तो फिर

दस सरों का क़िस्सा ले बैठेगा।

"कुछ भी बेटे, चॉकलेट, केक, बर्थडे।"

मोहित के जन्म पर हमें ये समस्या थी कि उसकी परवरिश कैसे होगी। मेरी माँ प्रतिदिन एक बच्चे का खाना पका कर अनाथ आश्रम में ले जाया करती थी कि बेमाँ बच्चों के मुँह हिलना बन्द हो गये तो प्रलय आ जाएगी। परन्तु आज ऐसी घोर प्रलय आ चुकी थी कि माँओं के होते-हवाते बच्चे अपने मुँह न खोल पाएँ। माँ-बाप दोनों सारा-सारा दिन मज़े से अपने धन्धों में उलझे रहें और बच्चे ट्रेण्ड नर्सों की निगरानी में इतने ख़ामोश तन्मयता से खिलौनों से खेलते रहे जैसा महात्मा बुद्ध मुक्ति और निर्वान के लिए सुध–बुध खोए बैठे हों–माँ–आँ –! किसी बावले बाले से नहीं रहा जाता तो चीख़ पड़ता है–थप!–नर्स का ट्रेंड हाथ उसे थप्पड़ रसीद करता है। तो बाला आप ही आप सीधा बैठ कर चुपचाप खेलने लगता है–हाय, मैडम कपूर का क्रेश कितना अच्छा है! भूख से बच्चों की जान भी निकल रही हो तो मुस्कुरा-मुस्कुरा कर बड़े सब्र और आदर से खाने के टाइम का इन्तजार किए जाते हैं।

परन्तु हमारे मोहित की परवरिश के लिए हमें एक बहुत अच्छी आया मिल गयी। न मिलती तो अपनी माँ के पेट से सलामत आ पाने के बाद भी उसकी जान का ख़तरा बना रहता। न जाने आया का नाम अम्माँ क्यों पड़ गया, हालाँकि उर्म में वह सरला से भी छोटी थी। सरला को अपनी छातियाँ ढलक जाने का डर था। उसकी ये समस्या भी अम्माँ ने हल कर दी। उन्हीं दिनों उसने भी बच्चा जना था। उसने आप ही पेशकश की। "मेरा दूध आपके काम न आया तो किस काम का साब?"

"हम तुम्हें दूध के डेढ़ सौ रुपये अलग देंगे।"

"डेढ़ सौ रुपये अलग देंगे साब तो मेरे बच्चे के लिए मेरा मर्द ही अपनी छातियों से दूध निकाल लिया करेगा।"

"खूब अच्छी तरह सोच लो। तुम्हें घर जाने की छुट्टी सप्ताह में केवल एक बार मिलेगी।"

"बेशक वह भी न दें साब, मेरा मर्द आप ही अपनी रोटी पका

लिया करेगा। बड़ा गऊ आदमी है।''

लेकिन एक दिन मैंने एक मैले-कुचैले अजनबी को एक बिलखते हुए मासूम बच्चे को गोद में लिए अपने घर के इर्द-गिर्द मँडराते हुए देख लिया। मेरा पारा एक दम चढ़ गया और मैं अम्माँ को खींच कर बाहर ले आया और उस आदमी की ओर इशारा कर के उस से पूछा, ''वह यहाँ क्यों आया है?''

''मैं नहीं जानती साब, कौन है?'' उसने जैसे क़सम खाने के लिए गले की गाँठ छूकर कहा।

उस व्यक्ति ने ख़तरा भाँप लिया था और बड़े उपहासपूर्ण परिचय से अपनी अजनबियत पर ज़ोर डालने के लिए न में सर हिलाए जा रहा था।

''वह बच्चा? वह भी तुम्हारा नहीं?''

अम्माँ ने बच्चे को जी भर के देखा और रुक कर बोली, ''नहीं, साब'' और फिर वह एकदम फूट-फूट कर रोने लगी। ''मुझे माफ़ कर दो साब, आज के बाद हफ्ते में एक बार भी इनसे मिलने नहीं जाऊँगी। आप खुद ही इन्हें मेरा तन्खा भेज दिया करें।''

''पप्पा!–पप्पा!–'' मोहित फिर मुझे बुला रहा था। अम्माँ को भी साथ क्यों नहीं लाए?''

''अम्माँ ने बहुत रावण देखे हैं बेटे!''

मैंने यूँ ही रावण के पुतले की ओर नज़र उठाई और नीचे से ऊपर उसके चेहरों पर पहुँचते-पहुँचते मेरी गर्दन टेढ़ी हो गयी। पता नहीं रावण हर दशहरे पर पिछले साल से बड़ा क्यों हो जाता है। मेरे बचपन में उसका पुतला आम इन्सानी क़द से ऊँचा न होता था, उसके बावजूद हम हैरत से कहा करते थे, देखो, पूरे कद का रावण है। कितना बड़ा है!–परन्तु अब तो वह इतना ऊँचा होता है कि हमारे स्काई स्क्रीपरों की खिड़कियों से भी हमें अपने दिलों में दरबार लगाए महसूस होता है।

मेरा शानदार रिहाइशी फ़्लैट एक स्काई स्क्रीपर की बीसवीं माला पर स्थित था। मैंने बड़े चाव से अपना ये घर आबाद करना चाहा था। अम्माँ न होती तो ये उजड़-पुजड़ कर रह जाता। सरला

के दिनों में भी अम्माँ ही घर की देखभाल करती थी। परन्तु हमारे सम्बन्ध विच्छेद के बाद तो मैंने उसे मालकिन का-सा अधिकार सौंप दिया। जब से मैं उसे ग़ौर से देखने लगा—सरला के होते हुए भी मैं ऐसा करने से नहीं चूकता था—उसी समय से उसके चेहरे के पत्र मेरे दिलो-दिमाग़ में घर करने लगे थे। सरला के चेहरे को तो उसका चिड़चिड़ापन जहाँ-तहाँ झुर्रियों में से होता था। जबकि अम्माँ अपनी बेशिकायत मेहनत और मुहब्बत से तरोताज़ा-सी अपने अस्तित्व में भरपूर उगी-उगी मालूम होती थी। पहली बार जब मैं भूख से पागल होकर पेड़ पर चढ़ आया और बहुत सारे फल तोड़ने लगा तो पेड़ ने सी भी न की। बल्कि उसकी सेवा करने वाली टहनियाँ मुझे पंखा करती रहीं कि बड़े मज़े और ध्यान से चलाता रहूँ। मैं इतना मोटा इसलिए हूँ कि खूब डट कर खाता हूँ। यदि सरला मुझे छुट्टी न देती और अम्माँ न होती तो अब तक मेरा इतना-सा मुँह निकल आता। कोई मेरी माने तो औरत से शादी करने की बजाय उसे नौकर बनाकर अपना घर सौंप देना चाहिए। वह शादीशुदा भी हो तो क्या हर्ज है? उसके मर्दूए को उम्र भर की पूरी तनख़्वाह और डेढ़ सौ रुपल्ली दूध का मनीआर्डर द्वारा भेजते रहो। तुम भी खुश, वह भी खुश।

"पप्पा—पप्पा!—"

मोहित शायद अभी तक अम्माँ के बारे में पूछे जा रहा था। "हाँ, बेटे, तुम्हारी अम्माँ को भी साथ ले आते तो अच्छा होता।"

"नहीं, पप्पा, मैं ये पूछ रहा हूँ, अम्माँ तो अम्माँ है। मेरी मम्मी कौन थी?"

रावण के मरने का समय करीब आ रहा था और हमारे आस-पास सभी लोगों की नज़रें हवा में उड़ते राम बानों का पीछा करने में लगी हुई थी।

"बताओ ना, पप्पा।"

"तुम्हारी मम्मी तुम्हारी आंटी थी बेटे, इसीलिए वह अंकल के पास चली गयी।"

उसी दौरान फ़िज़ा में उसी समय कई पटाखे छूट पड़े और मोहित और मैं रावण के भाई के पुतले से उठते शोले देखने लगे।

उसके पहलू में रावण के दसों चेहरे आग की रौशनी और ताप में इतने बदहवास दिख रहे थे कि मुझे उस पर तरस आने लगा। उसे क्या पड़ी थी कि अपने से ताक़तवर की जोरू को उड़ा ले आये। अपनी लंका में ही सीता पर नज़र ठहरा लेता और उसके राम की तनख़्वाह बाँध कर बड़े आराम से उसी को घर में डाल लेता। उस पर राम राज़ी न होता तो उसे दूध के पैसे तनख़्वाह के इलावा अदा कर देता। दसों चेहरों के मूँछों के ताव तो वहीं सम्भव हैं जहाँ अपना सिक्का चलता हो। अपनी हुकूमत से बाहर तो सचमुच का रावण भी काग़ज का हो के रह जाता है।

"पप्पा, ये रावण सचमुच का थोड़ा ही है।"

"हाँ, बेटे, ये रावण सचमुच का तो नहीं।"

"सचमुच का रावण कहाँ था, पप्पा?"

"वाल्मीकि की कल्पना में बेटे।"

"कल्पना क्या है पप्पा?"

मुझे पता नहीं चल रहा था उसे कैसे समझाऊँ।

"और वाल्मीकि कौन था?"

"मेरा बाप!" उसके सवालों के ताँते में मैं चिढ़-सा गया।

"लड़ते क्यों हो, पप्पा?"

मैं ढीला पड़ गया।

"वाल्मीकि हम सभों का बाप था, बेटे।"

"तुम झूठ बोल रहे हो पप्पा।" वह पहले जैसा ख़फ़ा था, "ये कैसे हो सकता है?"

"अब मैं उसे कैसे बताता कि ये कैसे हो सकता है?" जैसे रावण के दस सर थे। "परन्तु पप्पा मेरी समझ में तो अब तक नहीं आया कि रावण के दस सर कैसे थे।" मुझे उस पर गुस्सा आने लगा।

"जैसे मेरे एक सर के अन्दर दस सर हैं जिन्हें तुम चाट-चाट कर ख़ाली कर रहे हो।"

उसने चौंक कर सवाल किया, "तुम्हारे एक सर के अन्दर दस सर हैं पप्पा, कैसे?"

"जैसे तुम्हारा एक सर भी नहीं।"

"परन्तु मेरा एक सर तो है ये देखो।"

"कहाँ?" मैंने बच्चे के छोटे से सर को हथेली में ले लिया और नाराज होने के बावजूद खिलखिलाकर हँसने लगा और उस कैफ़ियत में जैसे अपना एक सर भी खो कर ख़ुशी से छलक पड़ा।

"तुम ठीक तो हो पप्पा?" मोहित ने अपना सर झटक कर मेरी हथेली से छुड़वा लिया। मुझे वाकई कभी बेज़ेहन, मासूम मुसर्रत का एहसास होता है तो मेरा ब्लड प्रेशर बढ़ जाता है और मैं बहुत परेशान होने लगता हूँ और अपनी इस हालत में काम-काज करते हुए मुझसे कभी-कभी बड़ी गम्भीर प्रकार की ग़लतियाँ घटित हो जाती हैं। चन्द ही माह पहले तो हद हो गयी। हथियारों की तस्करी के एक मामले में मुझसे इतनी भयानक चूक हो गयी कि मेरी सारी शेख़ी धरी रह जाती।

भला हो सरकारी स्टाफ़ में से अपने एक आदमी का, जिसने इतनी सफ़ाई से सारे केस को गोल-मोल कर दिखाया कि मैं कहीं नज़र ही न आता था। नतीजे में उस बेचारे को नौकरी से हाथ धोना पड़ा।

मोहित शायद दुखी होकर अपनी जगह से उठा परन्तु इसी बीच गोलों के धमाकों की आवाज़ से घबराकर मेरी गोद में आ बैठा। रावण के पुतले पर चारों ओर से मीज़ाइल छोड़े जा रहे थे और उसके बावजूद जल्दी-जल्दी शोले उठने लगे थे। ठीक उस समय हमारे क़रीब ही एक ख़ेमे में हुल्लड़ मच गया और भीड़ की भीड़ इधर-उधर दौड़ने लगी।

"क्या हुआ—? क्या—?"

"आतंकवादी, तड़ातड़ गोलियाँ चलाकर भाग निकले हैं—"

मैंने घबराकर मोहित को अपने बाजुओं में उठा लिया और धक्कमपेल के बावजूद रामलीला ग्राउण्ड के बाहरी गेट की ओर हो लिया और अपनी गाड़ी तक पहुँच कर ही दम लिया।

गाड़ी स्टार्ट करने से पहले मैंने देखा कि शोले रावण के अस्तित्व से उठ-उठ कर आसमान तक पहुँच रहे हैं।

"पप्पा!..." मोहित ने अपना कोई सवाल पूछने के लिए मुँह

खोला तो मैंने उसे डाँट कर टोका। "चुप!" और स्टार्टर के कंठ में चाभी ठूँस दी।

"बोल श्री रामचन्द्र की जय।"

रामलीला ग्राउण्ड में बिखरी-बिखरी चीख-पुकार अब खुशी के नारों की गूँज में डूबने लगी थी।

"पप्पा" हमारी गाड़ी ने हरकत की तो मोहित ने मुँह में रोका हुआ सवाल उगल ही दिया। "क्या रावण काग़ज़ का बना हुआ था?"

"नहीं, क्यों?" मैं उसे फिर डाँट कर चुप रहने को कहना चाहता था परन्तु पूछ बैठा।

"तो फिर ये लोग हर साल काग़ज़ का रावण क्यों जलाते हैं?"

"चुप!" मैं उसे क्या बताता?—क्योंकि असली रावण हर साल बच कर निकल जाता है।

दादियाँ

बूढ़ी दादी का घर उस से भी सौ साल बूढ़ा था इसीलिए वह घर के अन्दर जहाँ भी होती, अपने सर माथे को छोटा-सा घूँघट ओढ़ने के अन्दाज़ में ढाँप कर रखती। घर में केवल वही एक रहती थी। दादा को मरे पूरा युग बीत चुका था। दूसरी बार मौत आयी तो उसने घर का दरवाज़ा भी न खटखटाया और अन्दर घुस कर उसकी इकलौती औलाद धनी राम को हाँक ले गयी। फिर दो साल में उसकी बहू भी अपने पति के पीछे-पीछे हो ली। उसका पोता रामचन्द उसके साथ ही रहा करता था मगर चंद साल पहले जब उसे सरकारी क्वार्टर मिला तो वह अपने पत्नी-बच्चों के साथ वहाँ उठ गया। दादी अड़ गयी थी कि अपना घर अकेला छोड़ कर कहीं न जाएगी।

"अकेला क्यों छोड़ेंगे दादी, किराये पर चढ़ा देंगे।"

"हाँ, हाँ रामचन्दा, बुड्ढे किसी काम के न रहें तो उन्हें किराये पर चढ़ा कर पैसे कमाओ।" दादी अपनी झुकी कमर को झटके से सीधा करके उसकी ओर देखने लगी। "मैं तो यहाँ से अपना क़दम बाहर न रखूँगी। मुझे भी घर के साथ ही किराये पर चढ़ा दो।"

दादा के घर की कुल नौ कोठरियाँ थीं उनमें से तीन की छतें ढह चुकी थीं। तीसरी शायद अभी और खड़ी रहती मगर एक चोर को जाने दादी के घर से क्या ले जाना था कि एक रात मौक़ा पाकर बाहरी दीवार पर सेंध लगाने लगा। बूढ़े घर ने बार-बार खाँस कर चोर को दुतकारा, फिर भी वह न टला तो दीवार अपनी जान से खेल गयी और एकदम उस पर टूट पड़ी और उसके साथ ही उस कोठरी की पूरी की पूरी छत

भी। चोर अपनी चोटों से कराहते हुए बड़ी मुश्किल से वहाँ से भागने में सफल हुआ।

दादी थी तो अकेली, परन्तु इस क़द्र अपने साथ थी कि एक कोठरी से दूसरी में जाती तो पहले ही वहाँ अपने आपको अपने इन्तज़ार में पाती।

"कहो दादी, अभी तक सब्ज़ी काटने में लगी हुई हो?"

"क्या करूँ, बैंगन को पकड़ भी नहीं पाती कि हाथ से छूट जाता है।"

"लाओ मुझे दो तुम अब काम से गयीं।"

"इधर क्या लेने को हाथ बढ़ा रही हो? बैंगन तो मैं इधर पकड़े हुए हूँ।"

"अब आँखें जवाब देती जा रही हैं, दादी।"

"तो क्या हुआ? तुम्हें अब और देखना ही कितने साल है?"

"नहीं मैं चाहती हूँ जब तक दम न निकले कम से कम दिखता तो रहे।"

जब वह दोनों वहाँ से उठ कर कटी हुई सब्ज़ी लिये रसोई घर में आतीं तो यहाँ भी एक और दादी चूल्हा जलाने का जतन कर रही होती।

"चलो हटो दादी, हटो और लाओ फुकनी मुझे दे दो।"

नहीं दादी, एक कहाँ थी जो अकेली होती। इतने सारे घरेलू कामों से निपटना कोई एक ही जान का काम थोड़ा ही था। फिर भी वह अक्सर थक कर चूर हो जाती और सुस्ताने के लिए बाहर आँगन में जाती, जहाँ वह पहले ही चारपाई पर फैल कर लेटी होती। इसे देख कर उसे गुस्सा आने लगता।

"दादी, ओ दादी, क्या इतनी बुड्ढी हो गयी हो कि सो-सो कर थकी पड़ी रहो? मैं कहती हूँ उठो मुझे लेटने दो।"

परन्तु फिर उसे उस पर तरस आने लगता। बेचारी करे तो क्या करे? जब तक दम में दम था कोई न कोई काम हाथ में लिये चारों ओर दौड़ती फिरती थी। अब उठना हो पाये तो उठे।

दादी चारपाई के पायों में जमीन पर बैठ जाती और बेख़याली में

अपने दुखते हुए पैर दबाने लगती। इसी बीच चारपाई पर सोई हुई दादी की आँख खुल जाती और वह उठ के उसके पास आ बैठती, "थक गयी हो दादी? लाओ मैं तुम्हारे पाँव दाबे देती हूँ।"

दादी अब नब्बे से भी ऊपर आ पहुँची थी इस उम्र में कोयल कितना भी कूक ले, बहरे कानों में उसकी आवाज़ कहाँ उतर पाती है? लेकिन कई बार ऐसा हुआ कि जब दादी को आधी रात के बाद भी नींद न आ रही होती तो बाहर चाँदनी रात में भटकती हुई एक कोयल, हर बार वही, उसके आँगन के पीपल पर आ बैठती और बड़ी मीठी आवाज़ में कूक-कूक कर दादी को बुलाने लगती और दादी के कानों में नीम गर्म सरसों के तेल की बूँदें टपक-टपक कर उसके दिल तक सारा रास्ता खोल देते।

"आ गयी है।"

दादी के आस-पास कई दादियाँ आ खड़ी होतीं।

"कौन?"

"वही अपनी केसरी, और कौन?"

केसरी दादी के कच्चे कुँवारे दिनों की सहेली थी, बड़े प्यारे पक्के रंग में ढली हुई थी और लगातार कूकने के अन्दाज में बातें किए जाती थी।

"तुम्हें तो भगवान ने बेख़याली में लड़की बना दिया है केसरी।" दादी अपनी सहेली से कहा करती थी, "देखना अचानक तुम्हारे पर निकल आएँगे और तुम कोयल बन कर उड़ती फिरोगी।"

"हाँ, और उड़ते-उड़ते तुम्हारे ससुराल के आँगन में आ पहुँचा करूँगी।"

दादी की शादी से पहले ही केसरी फिर से उड़कर सातवें आसमान में जा पहुँची थी। सुहाग के भरे-पूरे दिनों में दादी का उसकी ओर ध्यान ही न गया। परन्तु उसके इन आखिरी दिनों में एक रात को केसरी अचानक आप ही आप आकाश से उतर कर उसके आँगन के आम के पेड़ पर आ बैठी और अपने कुँवारेपन की कूकें सुन-सुन कर दादी की गिरी पड़ी कानें अचानक खड़ी होकर उसके बाबुल के गाँव की ओर सरपट भागने लगी।

शादी-ब्याह के मौकों पर केसरी अपने मुँह पर की कालिख से ये बड़ी-बड़ी मूँछें छाप लाती और दोपट्टे से सर का पग्गड़ बना लेती और फिर नारियों की मण्डली में दादी का मर्द बन के उसका घूँघट हटाने के लिए हाथापाई करने लगती—हूँह—! दादी हर बार साफ़ बच निकलती, परन्तु धनीराम के बाबू ने तो एक ही झपट्टे में हाथ साफ़ कर लिया था और उसने नंगे-नंगे सर मुँह शर्म से लाल बहूटी होकर अपनी आँखों पर दोनों हाथ रख लिए थे और ऐसा करते हुए उसका ज़ेहन भी चूड़ियों के साथ झन से बज उठा था और फिर—

कू कू!

केसरी की कू कू सुन कर दादी को लगा कि यहाँ कोठरी में भी वही बैठी हुई है और वहाँ आँगन की चाँदनी में आम के पेड़ पर भी वही बौर बन कर फूट रही है और केसरी उस पर मुँह मार रही है...कू कू...! अरी दादी, कहाँ भागी जा रही हो? आओ दादी, तुम भी आ जाओ।

सभी कोठरियों के दरवाज़ों पर दादियाँ आ जमा हुईं और एक-दूसरे के कन्धों से बाहर झाँकने लगीं, लेकिन बाहर तो सर्दियों की अमावस का इतना घोर अँधेरा था कि सारा आँगन उसमें घुलमिल कर ग़ायब हो चुका था। दादियों ने कान खड़े कर लिए कि शायद आम के पेड़ की टहनियों में केसरी के फड़फड़ाते परों की आवाज़ सुनाई देने लगे परन्तु केवल किसी बिल्ली के दूर कहीं रोने के कुछ और सुनाई न दे रहा था।

एक दादी को मुस्कुराते हुए पाकर सब की सब उसकी परछाइयाँ-सी बनी वैसे ही दिखाई देने लगीं। "मैं भी कितनी बावली हूँ दादी, कूक मेरे मन में उठ रही है परन्तु मैं दौड़ कर बाहर चली आयी हूँ।"

दादी की कोठरियों में एक-दो ने नहीं, बीसियों चिड़ियों ने घोंसले बना रखे थे, दादी जिस कोठरी में भी कदम धरती, चिड़ियाँ उसके सर पर छतरी सी बना कर चहचहाने लगतीं—चूँ...चूँ... चूँ....चू...।

"मैं तुम्हारा चूँ चूँ का पाठ सुनने नहीं आयी हूँ बामीनो।

बताओ, मेरा मसाला रगड़ने का पत्थर कहाँ रखा है?"

कई चिड़िया चहकती हुई एक कोने में रखे हुए गोल-मोल पत्थर पर आ बैठतीं और वहाँ अपने बैठने के लिए पूरी जगह न पाकर एक-दूसरे को परे ढकेलने लगती।

"हाँ, हाँ, देख लिया है। अब यहाँ से उठो तो उसे हाथ में लूँ।"

"चूँ...चूँ...चूँ...चू...!"

"नहीं कन्याओं मेरे पास इतना समय नहीं जो तुम्हारे साथ बातों में गँवाऊँ।"

"चूँ...चूँ...चूँ...!"

"ये मानने वाली नहीं, दादी, जरा बैठ जाओ।"

"परन्तु दादी, ये बातूनी छोकरियाँ ज़रा की ज़रा में उठने कहाँ देंगी?" दादी बैठ जाती।

"अरी कौशलिया, तुम्हारा लौण्डा अब कैसे है?"

कौशलिया का लौण्डा अपनी माँ का मुँह खुलने से पहले ही घोंसले से फुदक कर नीचे आ जाता। "मैं अब बिल्कुल ठीक हूँ दादी—देखो—!" वह एक झपाके में सारी छत की उड़ान भर के दादी को दिखाता।

"अच्छा अब शेख़ी मत बघारो।" दादी अपने पट्टे में वह गाँठ ढूँढ़ने लगती जहाँ वह चिड़ियों के लिए चावल बाँध कर रखती थी, "दादी यहीं बाँधी थी, कहीं खुल तो नहीं गयी?"

"गाँठ की इतनी पक्की हो, दादी, खुलेगी कैसे?"

'हाँ मिल गयी है।"

चावलों को गाँठ से मुट्ठी में लेकर वह अभी उन्हें फ़र्श पर डाल ही रही होती कि चिड़ियाँ उन पर टूट पड़तीं। दूसरी कोठरियों की चिड़ियाँ उनकी यलग़ार की भनक पाकर उनका मुँह बटाने के लिए लपक कर उधर चली आतीं और उन्हें इस तरह चहचहाते खाते और फुदकते देखकर दादी को अपनी रुकी-रुकी नज़र में उन्ही जैसी हरकत का एहसास होने लगता।

"ये तो अपने काम में लग गयीं दादी, उठो अभी सारा काम जूँ का तूँ धरा है।"

दादी को मालूम था कि सब से पिछली कोठरी में एक निहायत बूढ़े नाग ने निवास किया हुआ है। अपनी डोली ससुराल में पहुँचने के दूसरे ही दिन उसने नाग को यहाँ अपने बिल के पास कुंडली मार कर सोए हुए देख लिया था और उसे देखते ही सहम कर उसके मुँह से चीख़ निकल गयी थी। उसकी चीख़ सुन कर उसकी सास रानी दौड़ती हुई चली आयी थी।

"क्या हुआ बहू रानी?" और फिर नाग को देख कर उसकी सास रानी ने झट अपने दुपट्टे को मुँह पर गिरा लिया था और उस से भी कहा था कि घूँघट निकाल ले।

"ये तुम्हारे ससुर के दादू हैं बहूरानी। तुम से मिलने के लिए बाहर आये हुए हैं। प्रणाम करो।"

जब सास-बहू घूँघटों में मुँह छुपाए नागमणि को प्रणाम कर रही थीं तो वह दादी की चीख़ से जाग कर अब उनकी ओर फन फैला के खड़ा हो चुका था। "जीती रहो बहू रानी, दूधो नहाओ, पूतों फलो—!"

दादी का नियम था कि हर रात सोने से पहले वह कटोरी में दूध भर कर नाग के बिल के क़रीब रख आती और सुबह को ख़ाली कटोरी वहाँ से उठा लाती।

"कोई बिल्ली-विल्ली पी जाती होगी।" उसके धनीराम ने एक बार हँस कर अपनी राय दी थी। अपने पति के कहे हुए के प्रायश्चित्त के लिए दादी ने पाँच ब्राह्मणों को खाना खिलाया था। अपने लिए दूध बचे या न बचे वह घर के उस पुरखें को दूध पिलाने में कभी नाग़ा नहीं करती थी।

"परन्तु एक रात को क्या बीती, दादी," वह कई बार यह कहानी सुना चुकी थी—"कि बुख़ार से फनक-फनक कर मैं बेहोश पड़ी थी। बड़े ससुर राजा को दूध कैसे पहुँचाती? कोई आधी रात के समय मुझे होश आया तो मेरा बुख़ार उतरा हुआ था और बदन इतना हल्का-फुल्का महसूस हो रहा था कि पूरी तन्दुरुस्ती में भी ऐसा न लगे। अचानक ये विचार आने पर कि दूध तो मैंने बड़े ससुर राजा को पहुँचाया ही नहीं, मैं एकदम उठ खड़ी हुई और देखा कि बड़े ससुर

राजा फन फैलाकर एक ओर खड़े हैं। मैंने झट घूँघट लटका कर उन्हें प्रणाम करने के लिए हाथ बाँध लिए। पता नहीं वो कितनी देर से मेरी देखभाल में लगे हुए थे। फिर जब वो मुँह मोड़ कर अपनी कोठरी की ओर हो लिए तो मैं उनका दूध लाने के लिए रसोई घर की ओर दौड़ी।"

दादी अकेली तो न थी परन्तु फिर भी कभी-कभी उसका जी भर आता और वह ग़ोते खा-खा कर सोचती कि वह सारे लोग किन भूल-भुलैयों में खो गये। एक बार जो गये तो फिर कभी मुँह न दिखाया—सावन के महीने में जब पुरानी घर की सारी छतें टपक रही होतीं तो वह बोल उठती, "देख रही हो दादी? अपना यही पुरख था जो अभी तक जूँ का तूँ खड़ा था। अब ये भी टूट-फूट कर रोने लगा है।"

"घबराओ नहीं दादी, हम तो जूँ के तूँ हैं।"

"क्या जूँ के तूँ हो? तुम्हें कभी गले लगा कर हल्की हो जाने को दिल चाहता है तो अपनी ही छाती नोच कर रह जाती हूँ। बोलो यह कोई जीना है?"

"लेकिन क्या किया जाए दादी?" दादी ने दादी से कहा, "जब तक साँस न रुके जीने के बिना कोई चारा भी तो नहीं।"

"इसीलिए तो जिए जा रही हूँ।"

आज भी सावन का एक ऐसा ही दिन था और दादी के ज़ेहन पर अपने सगे सम्बन्धियों की यादों के घनघोर बादल छाए हुए थे और किसी भी क्षण ख़ूब बरस जाने के लिए मचल रहे थे। ऐसे मौकों पर दादी दूसरी सभी दादियों को अपने आस-पास बिठा लेती और फिर वो सब मिलकर अपने-अपने घूँघट को लटका कर रो-रो के बीन अलापना शुरू कर देतीं।

दादी बड़ी मुश्किल से अपने बदन को घसीटते हुए भीतरी कोठरी तक पहुँची। उसके पीछे-पीछे दूसरी दादियाँ भी घिसटती हुई चली आयीं और जब उसने कोठरी के फ़र्श पर बैठ कर अपना दुपट्टा नीचे सरका लिया तो उन्होंने भी झट से उसके क़रीब बैठ कर अपने घूँघट लटका लिए। और फिर सब की सब एक ताल में बीन अलापने लगीं।

हाय माँ मेर लिए!

हाय माँ महर में!

आमाँ मोर लिए!

आ देख, तेरी धन्नू रोए।

आ माय, दूध की सारी बालाई मेरे मुँह में डल जा।

आ डाल जा कोई देख नहीं रहा माय।

आ भाभियों से क्यों लड़ रही है?

आ, धन्नू के हंजू पूँछम।

दादी ने घूँघट हटा कर दादियों को मुख़ातिब कर के कहा, "अरी कितनी निरमोही हो। जरा ऊँचा रोओ।" फिर उसने अपने घूँघट को इतना नीचे लटका लिया कि उसके सर की 'पुश्त' के बर्फ़ बाल नंगे होने लगे।

ओ बाबला। मेरे बाबला।

हाय बाबला। मेरे बाबला।

तू लँगड़ा था पर मुझे सारे गाँव में उठाए फिरता था।

तो मुझसे बड़ा प्यार करता था लम्बरदार।

पर तुझे अपनी इज़्ज़त मुझसे भी प्यारी थी लम्बरदार।

ओ लम्बरदार अपनी इज़्ज़त के लिए तूने मुझे गैरों को सौंप दिया, दूधों

पाल-पाल के अपनी मखनी को ग़ैरों को सौंप दिया।

हाय! हाय! हाय बाबुल, हाय?

छत की तरह दादियों की आँखें भी टपकने लगीं।

अब तेरे सर में तेल की मालिश कौन करता होगा बाबला?

मेरे वीर तो घर पहुँचते ही भाभियों के पास जा बैठे थे और माँ को घर का काम बाँधे रखता था।

अब तेरी टाँगों पर पट्टियाँ कौन बाँधता होगा?

तूने मुझे गैरों को क्यों सौंप दिया बाबला?

हाय! हाय! हाय बाबुल, हाय!

दादी छाती पीटते-पीटते खड़ी हो गयी और खड़ी न रह सकी तो फिर बैठ गयी।

हाय धनीराम के बापू, हाय तू सचमुच ग़ैर निकला।

तू तो मेरी क़िस्मत था बापू।

हाय मेरा हाथ पकड़ के छोड़ गया धनीराम के बापू।

हाय बापू, तेरा छाता तो घर ही में पड़ा रह गया।

बरसते पानी में तू किधर निकल गया बापू।

हाय सासू रानी, तूने अपने बेटे को मुझसे चोरी-चोरी बुला लिया।

हाय सासू मुझे भी बुला लेती तो मैं कभी राज सिंहासन पर बिठा के तेरे पाँव धोती। बेटे सेवा नहीं करते सासू, सेवा बहुएँ करती हैं।

हाय मेरा एक ही शेर—

दादी को धनीराम का विचार आया तो छत का पानी टपकते-टपकते अब दादियों के सरों पर भी गिरने लगा।

मेरा एक ही शेर लोगो मेरा एक ही शेर!

न जाने दादी में चीख़ने, छाती पीटने, सारा का सारा बदन झनकने की ये शक्ति कहाँ से लौट आयी।

हाय मेरा धनिया शेर!

दादियों से अब दादी का साथ नहीं दिया जा रहा था। पहले तो वो उसे देखती रहीं और फिर देखने की शक्ति न रही तो उसकी ओर बढ़ के उसे चुप कराने लगीं।

"बस, दादी, बस!"

आ शेरा, मैंने तेरे लिए आज खीर पकाई है।

बस!

आ जा, पुत्रा, आ जा।

दादी ने दोनों हाथ फैला कर फिर उन्हें इस तरह छातियों से लगा लिया जैसे उसके हाथों में उसका नन्हा-मुन्ना धनिया आ गया हो।

अपनी फूली साँसों पर क़ाबू पाने के लिए वह चन्द लम्हे चुप रही :

तू कहाँ खो गया था धनिया?

बस, अब बस, दादी!

शी—ई—! दादी अब शान्त हो रही थी—देखती नहीं, दादी, बच्चे की अभी-अभी आँख लगी है।

दादी ख़ामोश हो गयी तो छत से पानी टपकना भी बन्द होने लगा।

फिर दादी और दादियाँ देर तक इसी तरह चूपचाप बैठी रहीं और फिर जब बाहर धूप निकल आयी तो दादी ने अपना दुपट्टा ऊपर सर की ओर खींच लिया। उस समय उसके मुँह की ओर देखते हुए लग रहा था कि वह अपने सारे होतों-सोतों से जी भर कर मिल आयी है।

"अरी दादी।" अचानक वह खड़ी हो गयी। "मेरी अक़्ल पर पत्थर पड़े, पकी हाँडी को जलते चूल्हे पर ही छोड़ आयी थी।"

वह इतनी तेज़ी से दरवाज़े की ओर लपकी कि सारी दादियाँ उसे देखती रह गयीं। रसोईघर पहुँचने के लिए आँगन से होकर जाना होता था। दादी जब अन्धी तेज़ी में कोठरियों के बरामदे दो सीढ़ियों से आँगन में उतरने लगी तो उसका पैर एक सीढ़ी छोड़ कर दूसरी के सिरे पे पड़ा और वह औंधे मुँह आँगन के कच्चे फ़र्श पर आ गिरी और आख़िरी दम लेने से पहले भी यही सोचती रह गयी कि हाँड़ी तो जल के कोयला हो चुकी होगी।

पुराने शहर से छह मील दूर नयी बस्ती में बैठे रामचन्द को कैसे पता चलता कि यहाँ क्या बीत चुकी है। उसकी ख़बर सब से पहले जीवाँ कुतिया को हुई जो हर शाम को दादी के पास रोटी खाने आती थी। दादी के घर के दरवाज़े के पट ज़मीन से काफ़ी ऊँचे थे। हर रोज़ की तरह वह आज भी दरवाज़े के नीचे से अन्दर आयी और दूर से दादी को आँगन के फर्श पर चित पाकर भौंकने लगी। फिर वह दादी के पास आकर दो-चार बार उसके इर्द-गिर्द दौड़ी जैसे उसकी समझ में न आ रहा हो कि अब क्या किया जाए और फिर वह एकदम फ़ैसला कर के उल्टे पाँव घर से बाहर आयी और अन्धाधुन्ध भागते हुए रामचन्द्र के क्वार्टर का रास्ता तय करने लगी।

रामचन्द को क्या मालूम कुतिया भौंक-भौंक कर उसे क्या समझाना चाह रही है? लेकिन थोड़ी देर में जीवाँ को पहचान कर बात उसकी समझ में आने लगी और वह उसके पीछे-पीछे दादी के घर की ओर दौड़ने लगा। शायद दादी चल बसी है—उसे अफ़सोस हो रहा

था कि कम से कम आख़िरी घड़ी में तो उसके पास कोई होता। घर छोड़ते हुए वह दादी से बेहद ख़फ़ा हो गया था।

''ठीक है दादी हमारे साथ नहीं आती तो नहीं आओ।''

''परन्तु तुम ही यहाँ मेरे साथ क्यों नहीं रहते?''

''नहीं दादी, अब तुम आप ही अपने साथ रहो।''

रामचन्द का नौकर दादी का राशन तो हर महीने पहुँचा देता था, फिर भी आदमी तो आदमी, कोई जानवर भी केवल चारा खा कर आप ही अपने साथ क्यों कर रह सकता है—? वह दौड़-दौड़ कर भी हाँफ रहा था और पश्चात्ताप से भी— दादी यदि वाकई मर गयी है तो हम पत्थर के पत्थर भी कौन से जिन्दा हैं—?

घर का पुराना दरवाज़ा दो-चार झटकों में ही नीचे आ गिरा और उसके साथ ही दादी का पोता भी। अभी वह सँभल भी न पाया था कि दादी के बड़े ससुर राजा ने फुंफकारते हुए उसका स्वागत किया और देखते ही देखते कहीं ग़ायब हो गया। वह अपने हवास को इकट्ठा करने का जतन करने लगा परन्तु आँगन में कदम धरते ही पथरा कर रह गया।

पूरे चाँद की रौशनी में दादी की लाश को दादियाँ ही दादियाँ घेरे हुए थीं।

बैक लेन

लाल पगड़ी वाले ने मुझे रोक लिया है।

कहाँ जा रहे हो?

मेरी समझ में नहीं आ रहा है कि उसे क्या बताऊँ।

जाओ, ख़बरदार, जो इधर-उधर आँख उठाई। नाक की सीध में चलते जाओ।

चलो, छुट्टी हुई। ये लोग पता नहीं क्यों मुझे रोक-रोक कर खबरदार करते रहते हैं। मैं कोई ऐसा-वैसा आदमी नहीं हूँ। हमेशा अपनी नाक की सीध में चलता हूँ। कोई किसी ओर भी मुँह करे। चलना तो उसे उसी ओर होता है। जिधर उसकी नाक मुँह किए हो। मोटी-सी बात है। परन्तु ग़रीब बेचारे बोले तो क्या बोले? मैं सर हिला-हिला कर जैसे लाल पगड़ी वाले को बार-बार सलाम करते हुए नाक की सीध में चल रहा हूँ और शर्मिन्दा हूँ कि कुछ न करने पर भी पकड़ा गया हूँ।

ठहरो!

उसकी आवाज़ पर मेरे पैर चलते-चलते मेरी मर्ज़ी-नामर्ज़ी के बिना एकदम ठहर गये हैं। मैं हूँ क्या, जो अपनी मर्ज़ी से रुकूँ या चलूँ?

उसने तेज़ी से मेरे पास आकर पूछा है। इस झोले में क्या है?

मैं अपने काम पर निकलता हूँ तो चादर का झोला बनाकर दायें कन्धे से लटका लेता हूँ।

बोलो!

मैंने घबराकर झोले को पीठ की ओर फेर लिया है। इतना परदा

तो बना ही रहना चाहिए कि दिल फूट-फूट कर खाल के बाहर न आने लगे।

बोलते क्यों नहीं? झोले में क्या छुपा रखा है?

लाल पगड़ी वाले ने झपट कर झोले को तेज़-तेज़ टटोला है और फिर मुँह लटका कर जैसे हवा है, ये तो ख़ाली है।

उसका मुँह गुस्से से फूल कर फटा-पुराना फुटबॉल-सा बना हुआ है, मुन्नू कबाड़िये के पास ले जाऊँ तो इस हालत में भी चवन्नी दे ही देगा। भयभीत होने के बावजूद मैं शायद मुस्कुरा दिया हूँ।

हँस क्यों रहे हो, मुझे मूर्ख समझते हो?

मैंने "नहीं" कहने के लिए बड़े आदर से सर हिलाया है परन्तु किसी मूर्ख को झूठ-मूठ विश्वास दिलाया जाए कि वह मूर्ख नहीं तो उसे अपनी मूर्खता पर और गुस्सा आने लगता है।

तुम बदमाशों को मैं खूब जानता हूँ। ख़ाली झोला लटकाये मौक़े की ताक में घूमते-फिरते हो।

ये बात उसकी झूठी नहीं परन्तु सभी लोग यही तो करते हैं। हर एक अपने दिल में झोला लटकाये उसी ताक में मारे-मारे फिरता रहता है, क्या पता कब क्या हाथ आ जाए?

भाग जाओ, अन्यथा खून पी जाऊँगा।

मैं ये सोचते हुए आगे हो लिया हूँ कि हज़ार गुस्से के बावजूद जंगली जानवर भी पिएँ तो पानी ही पीते हैं। फिर आदमी क्यों अपना पारा चढ़ते ही आदमी के लहू का प्यासा हो जाता है?—आज सुबह की बात है कि खाने के लिए रोटी की पोटली खोल कर मैंने जो ज़रा पीठ मोड़ी तो फ़कीरे ने रोटी पर झपट्टा मार कर उसे मुँह में ले लिया और भाग निकला—फ़क़ीरा मेरा कुत्ता है जो मेरी ग़ैरहाजरी में मेरी झोंपड़ी की रखवाली करता है—उसके पीछे मैंने गालियों की पूरी फ़ौज छोड़ दी परन्तु वह सब से बच कर साफ़ निकल गया। बताने मैं ये जा रहा हूँ कि फ़क़ीरे को गालियाँ बकते हुए मेरी ज़बान दाँतों में आकर कट गयी और लहुलुहान हो गयी—पता नहीं भूख लगी हुई थी या क्या? लहू का मज़ा मुझे बड़ा अच्छा लगा और मैं काफ़ी देर अनजाने में अपना लहू बड़े मज़े से कंठ से उतारता रहा। अपनी

ख़ोराक का बन्दोबस्त यदि अपने ही शरीर से होता रहे तो सारे झंझट से छुटकारा हो जाए—

अपने विचार के बहाव में, मैं यहाँ कोठियों के आगे सड़क पर आ गया हूँ, मेरा यहाँ क्या काम है? सड़क के दोनों ओर पॉलिश किए हुए पत्थर की सुन्दर कोठियाँ हैं। और उनके आगे चार-एक फुट के बाहरी दीवारों तक पत्थर ही के फ़र्श पर बाग़ीचे लगे हुए हैं जिनके रंग-बिरंगे फूलों ने दीवारों से सर उठा कर मेरी ओर देखा है और फिर आपस में सरगोशियाँ कर के हँसने लगे हैं।

मैंने लज्जित होकर सर झुका लिया है।

मेरे पैरों के नीचे सड़क इतनी साफ़ है कि उस पर चलते हुए अपना बदन मुझे धब्बा-सा लगा है। हाँ, इतने साफ़-सुथरे आस-पास में मेरा क्या काम? एक मैं ही यहाँ इतना गन्दा मालूम हो रहा हूँ मानो किसी कोठी वाले ने अपना कूड़ा करकट कोठी की पिछली गली की बजाय आगे की ओर फेंक दिया हो। मुन्नू कबाड़िये से मैंने कई बार कहा है, कबाड़ कम है तो मुझे भी उसमें डाल कर ले लो, परन्तु दाम पूरे दो, लेकिन मुन्नू मुझे साफ़ जवाब देता है दाम तो चीज़ के होते हैं, तुम किस काम के? इसीलिए मैं उन कोठियों की पिछली गलियों में उनके ढेरों गन्द में से उसके काम की चीज़ें चुन-चुन कर अपना झोला भरता रहता हूँ।

मैं पिछली गली में जाने के लिए मुड़ गया हूँ और वहाँ पहुँच कर नथुनों में सिधा हुआ गन्ध घुसते ही मुझ में दम पैदा होने लगा है। इन जानी-पहचानी गन्धों के धक्कम-धक्का में मेरा जी चाहता है कि हँसता ही चला जाऊँ। पिछले सप्ताह इसी कैफ़ियत में मेरी हँसी थमने में न आ रही थी कि एक मुर्ग़ा। वह। हाँ, वही है। वह मुर्ग़ा अपनी मुर्ग़ी के पीछे भागते हुए अचानक उछल कर मेरे कन्धे पर आ बैठा और साँस के सारे दरवाज़े खोल कर बाँग देने लगा। और मुझे लगा कि इस फड़फड़ाती बाँग के परों तले मैं अण्डे का अण्डा अपने आप फूट गया हूँ और अँधेरे से बाहर आकर प्रकाश की जलथल में नहाने लगा हूँ।

बाबू कुत्ता भी मेरे पीछे-पीछे गली में आ पहुँचा है। बाबू को उसका नाम मेरा ही दिया हुआ है और कुछ देने को मेरे पास है ही

क्या? यहाँ के नौकरों और कुत्तों को बाबू कह कर बुलाता हूँ तो वह बहुत खुश होते हैं। एक बार चार नम्बर वालों के नौकर का मुँह अपने घर वालों की गालियाँ खा-खा के फूला हुआ था कि मैंने बड़े प्यार से उससे कहा, दवाई के दाम न हों बाबू, तो बीमारी को हँसी-खुशी झेलने से भी आदमी ठीक हो जाता है। वह बेचारा रोने लगा—रोओ नहीं बाबू—बाबू—बाबू मुझे क्या पता था कि बाबू कुत्ता भी पास ही खड़ा है। उसने मुझे उसका नाम उस लौण्डे के हवाले करते हुए पाया तो गुस्से में छलाँग लगा कर निर्दोष की पिंडली को अपने दाँतों में ले लिया। बाबू जहाँ भी हो मेरे यहाँ पहुँचते ही गन्ध पाकर दुम हिलाते हुए चला आता है।

मुझे अपनी ओर ध्यान न पाकर वह अपने बन्द मुँह से गुर्राया है।

हाँ, हाँ देख लिया है बाबू, कहो कैसे हो?

मैंने उसकी ओर सर उठाया है और उसके मुँह में एक पूरी डबल रोटी देख कर मेरा पेट ख़ाली ढोल की तरह थनी-थनी बजने लगा है—आओ।

मैं गली के बीच में ही बैठ गया हूँ और उसने मुँह खोल कर डबल रोटी मेरे आगे मिट्टी में गिरा दी है।

ओ मूर्ख, मिट्टी में क्यों गिरा दी है? खाने वाली चीज़ों को तो आँखों में उठा रखते हैं।

मैंने डबल रोटी से मिट्टी झाड़ कर आधी उसके आगे डाल दी है और आधी पर मुँह मारते हुए मुझे याद आया है कि आज मैंने छोटू के हाथ फ़क़ीरे को रोटी भेजी थी। भूखा आदमी है उसने आप ही खा ली होगी। मैं हँसने लगा हूँ, ख़ाली पेट में डबल रोटी उतरने से या अपने उस विचार पर, कि जिसे हम कुत्ता कहते हैं उसकी तो भूख से जान निकल रही होती है परन्तु हम ये चाहते हैं कि वह आदमियों की तरह पिछली दो टाँगों पर खड़ा हो जाए और अगली को हाथों की तरह बाँध कर हम से अपने पारिश्रमिक की भीख माँगता रहे। मैंने जैसे फ़क़ीरे को प्यार करने के लिए बाबू की पीठ पर हाथ फेरा है और उस बेजुबान ने भौंक कर मुझसे पूछा है, और लाऊँ?

मुझे मालूम है कि बाहरी सड़क पर जब वह चिड़चिड़ा और

बुड्ढा हलवाई गद्दी पर बैठे ऊँघने लगता है तो बाबू मौक़ा पाते ही उसके थालों से कुछ न कुछ उचक लेता है। बुड्ढा बेचारा हर चीज़ गिनती से रखता होगा, परन्तु उसके कम पड़ जाने पर अपने बूढ़े हाफ़्ज़े और जवान बेटे को कोसता होगा। हराम की औलाद आवारागर्दी करता फिरता है। सारा काम सँभाल ले तो मैं क्यों हड्डियों को कूट-कूट कर लड्डू बनाता रहूँ। तीन-चार दिन पहले मेरी जेब पैसों से भरी हुई थी। मैंने बाबू से कहा, आओ आज बुड्ढे को पैसे देकर खाते हैं। बाबू मेरे आगे-आगे जैसे सूट-बूट पहन कर हो लिया और बुड्ढे की दुकान पर उसने बड़ी शान से भौंक लगाई, दो डबल रोटियाँ दो। जल्दी!

बाबू ने फिर से पूछा है, बस, या और लाऊँ?

नहीं, इतनी ही बहुत है, आओ, अब अपना काम करें।

सबसे पहले मैं कूड़े के ड्रम को उलट देता हूँ और बाबू मेरी सहूलियत के लिए पंजे मार कर कूड़े को खूब फैला देता है और फिर मैं अपने मतलब की चीजें चुन कर कूड़ा इकट्ठा कर के वैसे ही ड्रम में डाल देता हूँ।

हर कोठी का ड्रम उलटते ही उन लोगों की सारी गन्दगी मेरी आँखों में आ जाती है। खुदा बचाये मेरा धन्धा ही यही है। मुझे मालूम है औरों की गन्दगी खुजियारना अच्छा काम नहीं, गन्द ढँका-ढँका न रहे तो रोग ही फैलते हैं परन्तु क्या करूँ? उन के कूड़े के ढकने न खोलता रहूँ तो भूखों मरूँ।

आओ!—मैंने तीन नम्बर वालों का ड्रम उलट कर बाबू से कहा है। मुझे पहले से ही पता है कि उस ड्रम से रद्दी काग़ज़, शराब के ख़ाली अद्धे और पौवे और सिगरेट के बेहिसाब टुकड़े निकलेंगे। मुन्नू कबाड़िया कहता है कि अख़बार का काग़ज़ लाया करो। कहाँ से ले जाऊँ अख़बार का काग़ज़? घर वाले को ख़बर की टोह भी तो हो। उसे तो इतना भी पता नहीं कि उसके घर में क्या हो रहा है। प्रोफेसर साहब जब रात-दिन अपनी अल्लम-गल्लम सोचों से कोरे काग़ज़ काले कर के रद्दी की टोकरी भर रहे होते हैं तो साथ के कमरे में ही उनकी पत्नी जवान नौकर को गरमा रही होती है। सब से पहले मैं ख़ाली बोतलों को उठा कर झोले में डालने लगा हूँ, क्या मजाल,

किसी बोतल में शराब क़ी एक बूँद भी बाकी हो। साला नौकर बोतल में रही-सही को भी पानी में घोल कर गटागट चढ़ा जाता है। नहीं तो इतनी बोतलों में से बूँद-बूँद भी जमा कर लिया करो तो हफ़्ते में एक बार मेरा नाच-रंग हो ही जाया करे। हाँ, उस दिन मुझे इस ड्रम से एक पूरा अधखुला अद्धा अनजाने में फेंक गया होगा अन्यथा उस माँ के यार के हत्थे चढ़ जाती तो उसे क्या अपने बाप के लिए यहाँ डाल जाता? मैं उसी समय काम-धन्धा छोड़ के ख़ुशी से हाँफ़ते हुए सीधा अपनी झोंपड़ी में चला आया और ख़ाली पेट बोतल ख़ाली करके सारा दिन और सारी रात फ़र्श पर औंधा पड़ा रहा। फ़क़ीरा गुस्से से गुर्रा-गुर्रा कर मेरा बदन कटकटाता रहा परन्तु नशे में मुझे यही लगता रहा कि मेरे नसीब खुल गये हैं और दूधिया चाम से लदी हुई घर वाली सचमुच कहीं से मेरे साथ बसने को आ गयी है और मेरे बदन को चूम-चाट कर मेरी जन्म-जन्म की थकान चूसे जा रही है। दूसरे दिन मेरी आँख खुली तो फ़क़ीरे ने मुझे दिल खोल कर सुनाई। मैं पहले तो उसे लज्जित होकर सुनता रहा फिर सर ऊपर उठाये बिना उससे कहा, अब छोड़ो भी बाप मोरे, जो हो गया सो हो गया—प्रोफ़ेसर की रद्‌दी सोचों का पुलन्दा बाँधते हुए मैंने अपने आपको बताया है कि इतना बोझल हो गया है परन्तु मुन्नू तो दस पैसे क़ीमत लगाने पर भी राज़ी न होगा। अब मैंने सिगरेट के टुकड़ों पर आँखें लगा ली हैं। इतने छोटे-छोटे टुकड़े हैं कि जब तक उँगलियाँ न जलती होंगी, अपने आस-पास धुएँ के गुबार गहरे करता जाता होगा। अरे भई, कुछ सोचना ही है तो बाहर आके सीधा-सीधा देख के सोचो, जिसके लिए सोचें बनी हुई हैं, ये क्या कि अपनी सोचों के बारे में ही सोचते चले जाओ। मैंने दो-चार सिगरेट के ज़रा बड़े टुकड़े चुन कर जेब में रख लिए हैं। एक-एक दो-दो कश तो निकल ही आएँगी—अरे बस—मैंने बाबू से कहा है और मलबे को वापस ड्रम में डालने के लिए इकट्‌ठा करने लगा हूँ।

अभी तक मैं यही समझ रहा था कि मैं आप ही अपने दिमाग़ में बोले जा रहा हूँ, वास्तव में हो ये रहा है कि कोई मेढक अगले घर की ढँपी हुई नाली की सड़ाँध में फुदकते हुए खूब टर्र-टर्र किए जा

रहा है। इतने में मेरे देखते ही देखते एक साँप कहीं से साँय-साँय निकल कर उसके पीछे नाली में जा घुसा है।

क्यों भौंक रहे हो बाबू? मेढक को जान प्यारी है तू जो देखता है उसे चुपचाप देखता रह। देख कर टर्र-टर्र क्यों करने लगता है? एक बात याद रखो बाबू। ये सारी दीवारें इसीलिए हिफ़ाज़त से खड़ी हैं कि कुछ भी हो जाए हमेशा चुप रहती हैं। बोलने लगीं तो उसी क्षण ढह जाएँ। अच्छा, ये बताओ उस घर की औरत रात को इतनी देर से कहाँ से आती है? जिनके साथ आती है उनकी गाड़ी ज़रा दूरी पर रुकवा लेती है और बिल्ली की तरह पंजों पर चलती हुई पिछवाड़े से अपने घर में घुस जाती है। नहीं, मूर्ख, उसके पति को सब मालूम है। वही तो उसकी ग़ैरहाज़िरी में बच्चों को सँभालता-सुलाता है। जब वह लौटती है तो दरवाज़ा खोलते ही वह उसका वो हाथ अन्दर खींच लेता है जिस पर उसका बटुआ लटक रहा होता है। इतनी देर तक राह तकने के बाद अब कहीं बेचारे की पारी आती है कि पत्नी के साथ सोये। नहीं, चुप! हमें क्या लेना-देना है? क्लर्क आदमी है तो क्या? कितनी आन-बान से रहता है। हाँ, दफ्तर के वेतन पर तो गुज़र-बसर भी न हो। जो करता है ठीक ही करता है। इतनी शानदार कोठी में रहता है और अपना सारा कूड़ा रोज़ के रोज़ साफ़ कर के बाहर फेंक देता है। हाँ, तुम ठीक ही कहते हो भाई, इससे तो अच्छा है कि राल टपका-टपका कर दूसरों का कूड़ा फोड़ता रहे।

उस कोठी का ड्रम अक्सर ख़ाली ही होता है क्योंकि ये लोग अपने पिछवाड़े का भी आगा साफ़ दिखाने के लिए अपनी गन्दगी आस-पास वालों के ड्रमों में डाल देते हैं। मैं उस ड्रम को खोले बिना आगे बढ़ जाता हूँ परन्तु फिर ख़याल आता है कि एक नज़र देख ही लूँ, ड्रम में बालों के एक सुनहरी क्लिप ने मुझे देख कर आँख मारी है, शायद सोने का है। मैंने तेज़ी से उसे हाथ में ले लिया है। नहीं ताँबे का होगा। मुझे सोने की पहचान है, न ताँबे की। मुन्नू कबाड़िया तो खरा सोना भी ले तो ताँबे की दाम पर ही ले। मैंने क्लिप को अपनी जेब में डाल लिया है और सोचने लगा हूँ कि रल्दो की जोरू के बालों में उसकी सज-धज कैसे लगेगी। यदि सोने का है तो एक

नहीं, दस-बारह सौदा पक्का कर के दूँगा, मेरे पास ही एक झोंपड़ी में रल्दो भी अपनी जोरू से पेशा करवाता है। परन्तु उसकी ये विशेषता है कि वह खुले-खुले सब कुछ करता है। अरे भाई, एक दिन वह मुझे बता रहा था, जब मुझे शक होने लगा कि मेरी औरत के लक्षण ठीक नहीं तो मैं उसे वेश्या समझ कर ही उस से पेश आने लगा। किसी दूसरे के पास जाऊँ तो पूरा सौ ले के भी इतना ख़याल न रखे। वह तो कई सौ देती भी है और मेरे पसीने पर खून भी बहाती है। समझे—मैंने अपने आपसे कहा कि मैं क्या समझूँ। कोई मिल जाए तो समझ में भी आ जाए।

ये देख कर कि मैं उसी नाली के मुँह पर खड़ा हूँ जिसमें वह साँप घुसा था मैं डर के मारे इतना तेज़-तेज़ आगे हो लिया हूँ कि क़रीब ही एक मुर्ग़ी मेरी टाँगों में से फड़फड़ा कर मेरे आगे निकल गयी है और उसकी ओर देखते हुए मुझे लगा है कि मैं रल्दू की जोरू के पीछे भाग रहा हूँ।

अगले ड्रम का कूड़ा भर-भर के नीचे ज़मीन पर बिखरा हुआ है। ड्रम को उलटने से पहले मैं उसके पहलू में बैठ गया हूँ। और अभी मेरी आँखें ज़मीन पर अपने मतलब की चीज़ ढूँढ़ ही रही हैं कि उस कोठी वालों की नौकरानी अचानक दरवाज़े से निकली है और मेरे सर पर घर का कूड़ा इस तरह उलट दिया है जैसे कूड़े के ढ़ेर पर ही कूड़ा फेंक रही हो। मैं उस समय तक साँस रोके ढेर का ढेर पड़ा रहा हूँ जब तक उसने वापस अपने दरवाज़े में घुस कर अन्दर चटखनी नहीं चढ़ा ली है और फिर बदन झटक कर खड़ा हो गया हूँ और ड्रम को टेढ़ा करते हुए बाबू को इशारा किया है कि अपना काम शुरू कर दे।

उस ड्रम के घर वाले दो भाई हैं जो कपड़ों का व्यापार करते हैं। बड़ा भाई दौलत के नशे में खोया हुआ है और छोटा है ही पागल, बड़ा नीचे रहता है और छोटा पहली छत पर, और सब से ऊपर के छत पर एक कमरा है जिसमें उन दोनों की बूढ़ी और अपाहिज माँ रहती है। कई बार बुढ़िया की रोने की आवाज़ सुन कर मैं अपना काम रोक कर सर उठाये ऊपर देखने लगता हूँ और मेरी नज़र आँखों से निकल कर बुढ़िया के पास जा पहुँचती है—ये देखो, तुम्हारे लिए गुड़ के चने

लाया हूँ माँ। दाँत नहीं है तो गुड़ ही चूस लो। खीर? खीर कहाँ से लाऊँ माँ?—उन भाइयों के नौकर ने एक बार मुझे बताया था कि बुढ़िया हर समय खीर माँग-माँग कर रोती रहती है और चुप होती है तो आसमान की ओर सर उठा के इस तरह मुँह खोल कर हिला रही होती है जैसे ऊपर से मुँह में खीर टपक रही हो। अपनी माँ को तो ये भाई तरसा-तरसा कर मार रहे हैं परन्तु उनके ड्रम में इतनी जूठन होती है कि दस लोगों का आराम से पेट भर जाय। मुन्नू कबाड़िया जिस दिन मुट्ठी गर्म नहीं करता उस दिन मैं यहीं से अपने पेट का इंधन चुन लेता हूँ। मुँह बना-बना कर खाना शुरू करता हूँ परन्तु खाते हुए जो मज़ा आने लगता है तो उस समय तक बाबू को पास नहीं फटकने देता जब पूरा पेट न भर जाए दोनों की पत्नियाँ आप तो खट-मिठी हैं ही, खाना वह अपने से भी खट-मिठा बना लेती हैं, इसीलिए दोनों भाइयों के पेट इतने फूले हुए हैं। अपने नौकर बैता को उन्होंने निकाल दिया है। वह मुझे बीड़ियों के धुएँ में उनकी धुआँ-धुआँ बातें भी सुनाता था। अच्छा ही हुआ जो चला गया अन्यथा मैं अपना काम धन्धा छोड़ कर उसके साथ बैठ जाता था। बड़ा भाई अपने पगले भाई को इस तरह डाँटता रहता है जैसे अपने बेटों को, परन्तु उसकी पत्नी को जहाँ-तहाँ अकेला पा लेता है तो हाथ डालने से बाज नहीं आता। छोटी के पाँचो के पाँचों बच्चे बड़े भाई के हैं। बैता ने मुझे बताया था—लो और बीड़ी पीयो।—और सुनाऊँ? बड़ी भी अपने आदमी से कम नहीं। उसने अपने बावले देवर को ऐसे राम कर रखा है कि उसकी समझ में और कुछ आये या न आये वह अपनी प्यारी भाभी की बात को तुरन्त भाँप जाता है। बड़ी के दोनों छोटे बच्चों का मुँह माथा हू-ब-हू अपने बावले चचा का-सा है। इस बाली उम्र में भी वह इतने गम्भीर और सख़्त हैं कि उन्हें दूर से देख कर ही पगले को दो-दो बाप नजर आने लगते हैं और ख़ौफ़ से उसका पेशाब निकल जाता है।

बैता को भाइयों ने इसलिए निकाल फेंका था कि रणभूमि के तेवर देख कर एक दिन उस बेचारे की खोपड़ी उल्टी हो गयी और वह बड़ी को माँ कहने के बावजूद उसे लूट का माल समझ बैठा और

अपने बावले मालिक की तरह मुँह में अँगूठा डाल कर उसकी ओर बढ़ता ही चला गया। पर छोटी हो या बड़ी, माल तो भाइयों ही का था। बैता को मार-मार कर बाहर निकाल दिया गया। शरीफों के घरों में गुण्डों का क्या काम?—जाओ, जो यहाँ करना चाहते थे अपनी माँ-बहन से करो।

मैं उनकी गन्दगी को फोड़-फोड़ कर देख रहा हूँ। मुन्नू कबाड़िये ने मुझे बताया था कि बड़े दुकानदारों के ड्रम ध्यान से देखा करो। ये लोग काला धन्धा करते हैं। और जब पुलिस के छापे का डर हो तो जान बचाने के लिए नोटों की गड्डियाँ भी कूड़े में फेंक देते हैं। पता नहीं मुझे क्या विश्वास-सा है कि कभी न कभी ज़रूर मुझे यहाँ से नोट ही नोट हाथ आएँगे परन्तु इतने सारे नोटों से मैं क्या करूँगा? मुन्नू कबाड़िये के पास ले जाऊँगा?—वह तो सारे नोटों की कुल कीमत भी रुपए-दो रुपए से ज्यादा नहीं लगाएगा—अब तो खुश हो फुज्जू? कीमत से पूरे पच्चीस पैसे ज्यादा दे रहा हूँ।

आज मुझे भाइयों के यहाँ से कुछ भी नहीं मिल रहा। छोटी और बड़ी की माहवारी की सूखी कतरनें उनकी जूठन में भीग रही हैं, था फिर निरोध के चन्द टुकड़े हैं जिन्हें मैंने साफ करके थैले में फेंक लिया है? हर घर के ड्रम कुछ-एक ठीक-ठाक टुकड़े मुझे ज़रूर मिल जाते हैं। कई बार तो कौड़ी से भी ऊपर हो जाते हैं। मैं उन्हें भी मुन्नू को ही थमा आता हूँ। उन्हें साबुन से धोकर लाया करो फुज्जू। मैं तो ऐसे ही ले जाता हूँ। इतने पैसे भी नहीं देता कि देसी साबुन का एक टुकड़ा ही मिल जाए। अपने सर से धोऊँ? छोटी और बड़ी के बालों के गुच्छों को भी साफ करके मैंने झोले में डाल लिया है। मुन्नू बोलता है सुनहरी बाल लाया करो। सुनहरी बाल के लिए विलायत जाऊँ? जो मिलता है वही लेके शुक्र करते जाओ मुन्नू भाई। औरतों की बुद्धि भ्रष्ट होती जा रही है। यही हालत रही तो सबकी खोपड़िया गंजी हुआ करेंगी। फिर सुनहरी तो क्या, सफेद बाल भी देखने में न आएँगे।—अचानक मुझे ऊपर से भाइयों की बुढ़िया के रोने की आवाज़ सुनाई देने लगी है। दोनों बेटे चोरी-चोरी एक-दूसरे की पत्नी को लिये पड़े होंगे, बुढ़िया की ख़बर कौन ले?

मैं सोचने लगा हूँ कि बूढ़िया यदि अपने घर वालों के लिए कूड़ा होकर रह गयी है तो उसे धप से बाहर कूड़े के ड्रम में क्यों नहीं डाल देते? मैं खयाल ही ख़याल में बूढ़िया को पोंछ-पाँछ कर अपनी झोंपड़ी में ले आया हूँ—लो भाई फ़कीरे, देखो हम दोनों की माँ आयी है। मेरी झोंपड़ी में रखा ही क्या था जिस पर पहरा देते रहते थे? घर तो अब भरा है। जी भर के अब माँ की देख-रेख किया करो—लो, माँ, तुम्हारे लिए ये गुड़ के चने लाया हूँ—गुड़ के चने मुझे बहुत अच्छे लगते हैं और मैं फ़क़ीरे पर अक्सर इसीलिए चिढ़ने लगता हूँ कि मुझे गुड़ के चने खाते देख लेता है तो ख़ूब भौंकने लगता है, अरे भाई, तुम्हें अच्छे नहीं लगते परन्तु मुझे तो खाने दो—खाओ माँ, दाँत नहीं तो गुड़ ही चूस लो। लो, और लो।

माँ गुड़ के चनों का गुड़ चूस रही है और उसका स्वाद मेरे ख़ाली मुँह में घुल रहा है और फ़क़ीरे मेरा मज़ाक उड़ाने के लिए भौंक रहा है—अरे चल हट!—कुत्ते की ज़ात, तुम्हें क्या पता, आदमियों का खाना क्या होता है? तुम खाओ, माँ, और दूँ?—नहीं, मेरे माँ नहीं है, कभी न थी—मेरा बाप? माँ ही न थी तो किसने उसे गले लगा कर मुझे पैदा किया होगा? किसी मलबे में से आप ही आप कुलबुलाते हुए फूट पड़ा होऊँगा—लो माँ और लो।

मैं यूँ ही कूड़ा रोले जा रहा हूँ। वहाँ कुछ हो तो मिले। बड़ी ठण्डी साँस भर कर मैं घुटनों के सहारे उठ खड़ा हुआ हूँ और अभी चन्द ही कदम चला हूँ कि किसी बच्चे के रोने की कमज़ोर-सी आवाज़ सुन कर मेरे कान खड़े हो गये हैं। मैंने बड़े ध्यान से अपने आस-पास देखा है। कोई भी तो नहीं—आवाज़ फिर आयी है। और हम दोनों जानवर, बाबू और मैं। एकदम एक दिशा में हो लिए हैं और एक खुले ड्रम के पास आ खड़े हुए हैं जिसमें कूड़े की सेज पर एक जन्मा बच्चा अपनी पीठ पर लेटे नन्हे-मुन्ने हाथ-पैर मार रहा है और उसे देख-देख कर मुझे लगा है कि मेरी छातियाँ दूध से भर कर फूल गयी हैं और मैंने उसे अपनी आँखों की सारी नरमी से हाथों में ले लिया है और सोचने लगा हूँ कि क्या समय आ गया है। पत्थर दिल अपनी नस्लों को पैदा होते ही कूड़े में डाल देते हैं!

जादू

काम ढूँढ़ते-ढूँढ़ते भाबू हमारे घर भी चली आयी थी। मेरी निगाहों ने उसके सारे अस्तित्व को इस तरह टटोला जैसे मुर्गी ख़रीदते समय मेरी अँगुलियाँ उसका अंग-अंग टटोल कर मुझे बताती हैं कि उसका गोश्त पक कर बेस्वाद तो न होगा। उसे देख कर उसके बुढ़ापे का ख़याल न आता था और न ही उसके चेहरे से उसकी पहचान की कोई कल्पना बँधती थी मानो वह अपना आप होने की बजाय कोई बेजान चीज़, जो पैदा ही इसीलिए हुई हो कि उसे अपने काम का बना लिया जाए। उसकी यही पहचान काफ़ी है कि हमारी नौकरानी है। यदि भाबू भी किसी की माँ या पत्नी होती तो अपना बदन ही बदन ओढ़े तन-तन्हा हमारे पास क्या लेने आती? मज़े से अपने घर में बैठ कर अपनी और अपने घर के एक-एक व्यक्ति की पहचान के उपकरण करती।

"क्या नाम है तुम्हारा?" मैंने उससे पूछा, और उसने थोड़ी देर जवाब न दिया तो मुझे चिन्ता होने लगी कि यदि वह बहरी है तो काम-काज में बहुत दिक्क़त का सामना होगा, परन्तु मैंने अपना सवाल दोहराया तो उसके मुँह से मालूम हो रहा था कि उसका कोई नाम न होता तो वह जवाब देने की परेशानी से बच कर बहुत खुश रहती।

"मालूम नहीं, पहले-पहल कोई नाम होगा परन्तु अब जिधर भी काम करती हूँ मालिक लोग भाबू कह कर आवाज देते हैं।"

मैंने सोचा कि जितना वेतन भी कहूँगा उससे पाँच-दस अधिक माँगेगी, इसीलिए मैंने पहले ही पन्द्रह काट कर पूछा।

"बोलो, मंजूर है।"

भाबू ने न कहने के अन्दाज़ में कन्धों की ओर सर झुलाते हुए कहा। "आँ, मंजूर है।"

मेरी पत्नी ने उसे सचेत किया। "घर का सारा काम करना होगा। सफ़ाई करना, कपड़े धोना, खाना बनाना। सारा काम, ठीक है?"

"आँ।"

"आँ-वाँ नहीं, ख़ूब अच्छी तरह सोच लो।"

वह चुपचाप खाली आँखों से हमारी ओर देखती रही जैसे सोच कर अपना काम न बढ़ाना चाहती हो।

"और खाने पर तीन या अधिक से अधिक चार रोटियाँ मिलेंगी। बोलो।"

जवाब देते हुए भाबू की आँखों से ख़ुशी टपकने लगी।

"मुझे भूख ही नाहीं लगती।"

मेरा माथा ठनका कि कहीं वह तपेदिक की रोगी तो नहीं। नहीं, देखने में तो स्वस्थ ही मालूम हो रही है। "तुम्हें बुख़ार तो नहीं आता?"

"नाहीं।"

"मैंने फ़ैसला कर लिया कि फिर भी अस्पताल से चेकअप करवा लूँगा।"

भाबू को हमारे पास आये अब तीन माह से ऊपर होने को आ रहे हैं। वह इतने लगन से सारा काम करती है कि उसकी ओर हमारा विचार ही नहीं जाता। कोई काम रुके या उसमें ख़राबी पैदा हो तो वह हमारे सर पर सवार रहे। वर्ना सबकुछ चैन से होता रहे तो नौकरों के बारे में सोच-सोच कर अपना मज़ा क्यों किरकिरा किया जाए?

मेरी पत्नी ने भाबू के काम से पूरी तरह सन्तुष्ट होकर उस थोड़े-बहुत काम से भी हाथ खींच लिया जो पहले वह आप ही ख़ुशी से कर लिया करती थी। अब वह पूरा दिन हमारे नन्हे-मुन्ने इकलौते लड़के के साथ खेलने में बिता देती है, या फिर हम दोनों बड़ी फुर्सत से जी भर के एक-दूसरे से बातें करते हैं और हमें महसूस होने लगता

है कि हमारा साथ जन्म-जन्म का है और हर जन्म में हमारा यही बच्चा पैदा होता है। एक वह, एक मैं और एक हमारा ये। घर में हमारे अतिरिक्त और कोई नहीं। भाबू? हाँ, वह न हो तो हम एक-दूसरे को भूल कर सबसे पहले उसी के बारे में सोचते रहें, परन्तु है, तो ज़ेहन में दूर-दूर तक कहीं दिखाई नहीं देती। ज़ेहन में छोड़िए, ठीक हमारी आँखों के सामने हो तो भी नज़र नहीं आती। भूत की भूत सारे घर में मँडराती रहती है और हमारी आँखें उसके अस्तित्व से यूँ गुज़र जाती हैं जैसे ख़ाली हवा में से, यदि वह इत्तेफ़ाक़ से नज़र आ भी जाए तो यही लगे कि किसी जादूगरनी की तरह एकदम हवा में से ही बरामद हो गयी है।

मेरी पत्नी को एक पड़ोसन ने सावधान कर रखा है कि भाबू पर निगाह रखो। पूरी जादूगरनी है। पिछले घर से भी उन्होंने इसीलिए निकाला था कि उनका बच्चा हर समय बीमार रहने लगा था। परन्तु जब से उसे निकाला है क्या मजाल है जो उसे छींक भी आयी हो।

हमारा बाला उसे देख कर बड़ा खुश होता है। हमें तो वह नज़र नहीं आती परन्तु हमारे बाला की नज़र में शायद फुलझड़ी की तरह जलती-बुझती रहती है। ये आ गयी। वग गयी! ये फिर आ गयी!— और वह अपने नन्हे-मुन्ने हाथों से तालिया बजा-बजा कर अपनी खुशी भरी आवाज़ में चिल्ला कर कहता है—भा...ऽ...ब...बू मेरी पत्नी भाबू को झिड़क कर रसोई घर में जाकर अपने काम की ओर ध्यान देने की हिदायत करती है और वह बुझ कर जाने के लिए पलट जाती है तो बाला ज़ोर-ज़ोर से रोने लगता है। एक बार तो रो-रो कर उसने सारा खाया-पिया उलट दिया और मेरी पत्नी को वाकई शक होने लगा कि शायद भाबू के जादू-टोने का ही असर है परन्तु वह अपने शक पर आप ही हँस दी। भाबू का काम बड़ा सन्तोषजनक था। मेरी पत्नी को उसके जादूगरनी होने का विश्वास भी होता तो वह उसे काम से अलग करने का न सोचती। घरेलू सुख-चैन भी तो जादू-टोने से कम नहीं होते, कई बार तो उनके कारण से मालिक अपने नौकरों के गुलाम होकर रह जाते हैं। उनसे चिढ़ने की नौबत भी आ जाए तो अपने आपको समझा-बुझा कर चुप करवा लेते हैं, कि ऐसी क्या बड़ी

बात हो गयी है, लेकिन चिढ़ने का कोई कारण भी न हो तो मालिक उसी बात पर चिढ़ा रहता है। शायद इसीलिए भाबू से सख़्ती बरत-बरत कर हमें तसल्ली-सी होती है। हमारी ही नहीं, भाबू को भी तसल्ली होती होगी। कल शाम का ही ज़िक्र है कि वह मेरे लिए चाय लेकर आयी तो कप को तिपाई पर रखते हुए हड़बड़ा-सी गयी और थोड़ी-सी चाय छलक कर तिपाई पर गिर गयी। मैं किताब पढ़ने में लीन था, इसीलिए मेरा ध्यान उस ओर न गया। थोड़ी देर में सर उठा कर देखा तो वह अभी तक वहीं खड़ी मेरी ओर उम्मीद भरी नज़रों से देख रही थी।

"क्या बात है?"

"वह चाय गिर गयी है।"

उसका उतरता हुआ चेहरा देख कर मुझे महसूस हुआ कि उसे थोड़ा-सा झिड़क दूँगा तो वह खुश हो जाएगी और उसे मेरी कमीनगी पर 'महमूल' कर लीजिए कि उसे केवल इस खुशी से वंचित रखने के लिए मैंने मुस्कुराकर बड़े मृदुल स्वर में कहा—"कोई बात नहीं।" परन्तु कुछ क्षणों के बाद मुझे अफ़सोस होने लगा कि ज़रा-सा झिड़क देने से मेरा क्या बिगड़ जाएगा? मैंने किताब से सर उठा कर उसकी ओर देखा लेकिन अब तक वह अपनी जगह पर खड़ी-खड़ी ग़ायब हो चुकी थी। मैंने मुस्कुराकर अपना सर किताब पर झुका लिया परन्तु अभी पढ़ना शुरू भी न किया था कि उसकी कमज़ोर आवाज़ सुन कर चौंक पड़ा। वह मेरे सामने जूँ की तूँ खड़ी थी, बेशक्ल और उड़ी-उड़ी। मैं भयभीत झल्लाहट से जैसे किसी भूत से मुख़ातिब था।

"जाओ, बाबा, जान क्यों खा रही हो?"

भाबू भूत हो या न हो, भूत उसी की तरह होता होगा। उस दिन घर में, मैं अकेला था। मेरा मतलब है मेरे इलावा केवल भाबू थी जो रसोईघर में बरतन-वरतन माँज रही होगी। अचानक मुझे रसोईघर से भाबू के हँसने की आवाज़ सुनाई दी। भाबू के साथ वहाँ और कौन है? मैं हँसने लगा—होगा कौन? आप ही अपने साथ होगी और अपने आप हँस रही होगी। मुझे इच्छा होने लगी कि उठ कर जाऊँ और उसे हँसते हुए देखूँ। हँसते-हँसते शायद बेशक्ल औरत ने वाक़ई कोई रूप

धर लिया हो। मैंने उसे हँसते हुए कभी नहीं देखा, बस जैसी है वैसी ही देख लेता हूँ, और उसे देखते हुए—ज़ेहन में उसकी कोई शक्ल नहीं बनती। मैंने आँखें बन्द करके चाहा कि उसे हँसता हुआ देख लूँ, परन्तु अँधेरे अंतरिक्ष में कोई हरकत पैदा न हुई और फिर अचानक हमारा बाला हँसते-दौड़ते रौशनियाँ बिखेरते हुए दिखाई दिया और वह वहाँ उस ओर हो लिया जहाँ उसकी माँ बाजू फैलाए खड़ी थी। उन दोनों की पुरशक्ल सूरतों से खिंच-खिंच कर मैं भी अपने दिलो-दिमाग़ के रास्ते उन्हीं के पास जा पहुँचा। बाबा—मम्मी के बेटे हो या पप्पा के?—मम्मी के!—मम्मी ने अपने बेटे को कलेजे से चिमटा लिया। नहीं पप्पा के अप्पा ने बाला को छीन कर अपने गले से लगा लिया। मम्मी ने उछल कर बाला को पप्पा सहित अपने बाजुओं में ले लिया। या शायद पप्पा ही उन दोनों को अपने बाजुओं के लपेट में लिये हुए था हह हा—हहहा—नहीं, बाला ने ही मम्मी और पप्पा को अपने लम्बे-लम्बे स्वस्थ बाजुओं में लपेट रखा है, और वह दोनों बच्चों की तरह अपने बेटे के बाजुओं की थिरकरती हुई मछलियों से खेल-खेल कर हँस रहे हैं—और अँधेरे से उजाला फूट रहा है और अन्तरिक्ष में चारों ओर 'आबादकारी' का दृश्य है और इस भीड़-भाड़ में मम्मी-पापा और बाला की पहचान धीरे-धीरे गाढ़ी होती जा रही है—ठीक उसी क्षण उस सुन्दर जीवन के पीछे-पीछे सन्नाटों में खुसर-फुसर सुनने का एहसास हुआ और मैंने आँखें खोल लीं। रसोईघर में भाबू के साथ कौन है? वह किसके साथ धीरे-धीरे बातें कर रही है। मैं दबे पाँव चल कर रसोईघर के दरवाज़े पर आ खड़ा हुआ। वह मेरी ओर पीठ किए चुपचाप अपने काम में जुटी हुई थी। तो फिर अभी-अभी क्या मेरे कान बोल रहे थे? मैं चुपके से उल्टे पाँव वापस आ गया। कितनी रहस्यमय औरत है, कहीं वाक़ई कोई जादूगरनी न हो?

हमारे बेडरूम की छत के ठीक ऊपर एक कमरा है जो हमने भाबू को दे रखा है। रात को जब मेरी आँख खुलती है, ऊपर भाबू के चलने की आवाज़ आ रही होती है। हर रोज़ सोचता था भाबू से पूछूँगा कि क्या मामला है। एक दिन जब मैं खाना खाने के बाद सिगरेट सुलगा रहा था तो भाबू को मेज़ से झूठे बरतन इकट्ठे करते

हुए देखकर मुझे याद आ गया। "भाबू, क्या तुम्हें रात भर नींद नहीं आती?"

"नाहीं आती तो अच्छा ही है बाबू।"

हर बात अजीब! क्या मालूम, कोई जादूगरनी ही हो? बचपन में सुनी हुई एक कहानी अचानक कूद कर मेरे ज़ेहन में आ गिरी, एक जादूगर था जो अपनी मौत के बाद किसी को नज़र न आता था। लेकिन अपने जादू के ज़ोर से जूँ का तूँ जिन्दा था। सारा दिन और सारी रात वह उस भय से एक पल न सोता था कि सो गया तो उसका जादू ख़त्म हो जाएगा और वह सचमुच मर जाएगा। "क्या तुम्हें सोने से डर लगता है भाबू, कि मर जाओगी?"

कोई जवाब देने के बजाय वह झूठे बरतन उठाने लगी।

"जवाब दो भाबू।"

"जवाब क्या दूँ, बाबू? एक बार सोकर उठी तो अपने आपको मुर्दा पाया।"

उसके हाथ से एक कटोरी गिर गयी तो मुझे भूल कर वह उसकी ओर ध्यान-मग्न हो गयी। "रसाईघर में पहुँच कर तोरी खबर लेती हूँ।"

कटोरी को दबोच कर वह बाहर जाने के लिए मुड़ने लगी तो मैं उसकी ओर हैरत से तक रहा था।

"ठहरो भाबू, क्या तुम पागल हो?"

"पागल भी हूँ तो क्या? कम से कम जिन्दा तो हूँ।"

"मर गयी थीं तो ज़िन्दा कैसे हो? ठहरो, जाओ नहीं, पहले मुझे अपना सारा क़िस्सा सुनाओ।"

"बीबी जी को सुना दूँगी।"

"नहीं, मुझे भी सुनाओ।"

"आपके सुनने का नहीं, बाबू। बोला है ना, बीबी जी को सुना दूँगी" वह बरतन इकट्ठे करके परेशान-सी अपने कमरे से बाहर निकल गयी।

बाद में मेरी पत्नी के पूछने पर भाबू ने बताया कि जवानी में

सोते में नामालूम किसने उसकी इज्जत लूट ली जिससे वह गर्भवती हो गयी। हज़ार मुसीबतें झेल-झेल कर उसने अपने बच्चे की परवरिश की परन्तु सर निकालते ही उसका लड़का उसे छोड़ कर नामालूम कहाँ चला गया। मेरी पत्नी ने मुझे बताया कि अपना क़िस्सा वह पूरा करके वह कहने लगी, अच्छा है, हराम की औलाद मूँछें फूटने से पहले ही दफा हो गया, और मूँछों को ताव दे दे कर मेरी ओर देखता तो मुझे उसके अनदेखे बाप की सूरत दिख जाती और लगता कि मेरे बेटे ने ही मेरी इज्जत लूटी थी।

मुझे भाबू पर तरस आने लगा कि बेचारी कितनी अकेली है, परन्तु फिर झट ही कुछ सोच कर मैंने अपनी पत्नी को वार्निंग दी कि वह बाला को उसके साथ अकेला कभी न छोड़े। पगली औरत है, मुहब्बत ही मुहब्बत में कहीं मासूम का गला न घोंट दे।

"पागल तो वह ज़रूर है।" मेरी पत्नी मुझे बताने लगी। "मैंने कई बार उसे किचन में आप ही आप बातें करते सुना है।"

"अरे हाँ," मुझे उस दिन का वाक़िया याद आ गया। "सुना तो एक बार मैंने भी था परन्तु समझ में कुछ न आया था।"

"समझ में आने वाली कोई बात हो तो समझ में आये। बावली से स्टोव नहीं जल रहा था और हाथ-मुँह काला करके वह उसे धमका रही थी, एक बार जल लो, फिर देखना किस तरह बदला चुकाती हूँ। अपने आपको देख-देख कर बस जलते रहोगे।"

मेरी पत्नी और मैं हँसने लगे।

"हमारे साथ होती है तो चुप की ओट से बाहर नहीं आती।"

"हाँ" मेरी पत्नी ने कहा। "परन्तु जब अपने साथ होती है तो उसे चुपके से सुना करो। दीवानी की ज़बान रुकने में नहीं आती। एक बार किचन की अन्दरूनी दीवार के साथ लग कर खड़ी थी कि अचानक उछल कर परे हो गयी, और छत से फर्श तक सारी दीवार पर नज़र जमा कर बोली, हे हे गिरी क्यों पड़ती हो? मैं तो पहले ही मरी हुई हूँ—हँस रही हो? ख़ूब हँस लो परन्तु याद रखो हँसते-हँसते टूट गयीं तो मलबे का ढेर होकर रह जाओगी।"

हम दोनों भाबू पर हँसते रहे और हँसते-हँसते एक-दूसरे को

इतने अच्छे लगने लगे कि बिजली की अन्धी गाड़ी भाबू को पटरी पर रौंद कर कहाँ की कहाँ निकल गयी और उसकी स्वयं की ब्रेकों ने उसे अचानक धचके से यहाँ ला खड़ा किया जहाँ बाला नींद से जाग कर रोने लगा था। हम बाला को झुलाने लगे। एक वह, एक मैं और एक हमारा ये...जनगन्ना वाले ने पूछा था, बस तीन?... हाँ...कोई नौकर?...हाँ, एक...है...तो फिर चार कहिए ना...हमारे घर में...आपके घर में तीन ही सही परन्तु देश में तो चार हैं। चौथे का नाम?...भाबू का कोई नाम नहीं। आप ठीक कहते हैं, हमारे देश में कम से कम एक चौथाई आबादी बेनाम है। वह लोग हैं ही नहीं, परन्तु हम उनके फ़र्ज़ी नाम रख कर खाना पूरी कर लेते हैं। चलिए, आपकी भाव का भी कोई फर्जी नाम लिखे देता हूँ...विद्या...आओ भाबू, यहाँ अँगूठे का निशान लगा दो...देखिए ना, आप सिधे हुए अक्षरों में हस्ताक्षर करें तो झूठ पर भी सच का ख़याल होता है। परन्तु इन्सानी अँगूठे की फ़ितरी लकीरों का निशान कितनी मासूमियत से अपनी सारी सच्चाई छाप देता है।

"जाओ, भाबू, कालिख को साबुन से धोकर रोटियाँ पकाओ।"

परन्तु पहले मैं आपको बताता हूँ कि कोई घण्टा भर पहले मैंने क्या देखा। भाबू आटा गूँधने बैठी थी कि मैंने आँखों और कानों से सब कुछ देख-सुन लिया।

पहले तो उसने परात को उठा कर कहा, उठो, सोई पड़ी रहोगी तो आटा मैं अपने सर में गूँधूँगी, फिर सन्दूक़चे से दो लोटे आटा भर कर उसे परात में डाल दिया और उससे बातें करने लगी—अड़े क्यों जा रहे हो रे? हाँ, ये लो, पानी पियो, नाहीं, छोटे-छोटे घूँट भरो। और छोटे...

दीवार से लग कर अपनी हँसी रोकते हुए मुझे कुछ इस तरह अच्छू आने का एहसास हुआ जैसे मैंने पानी के पूरे गिलास को एक ही घूँट में कण्ठ में उड़ेल लिया हो।

आँ, इस तराँ—भाबू उसी तरह गूँधते हुए आटे से कह रही थी। इस तराँ पियोगे तो मैं तोहे गूँध-गूँध कर एक जान कर दूँगी। बस। बस, इतना ही पियो जितनी प्यास हो। क्या?—इसलिए, कि कोई

मुझसे मिलने आ रहा है? मुझसे मिलने कौन आएगा रे?—मोरा छोकरा? उस हरामजादे ने तो उसी दिन अपनी माँ का गला घोंट दिया। जिस दिन वह घर से बाहर भाग निकला—कितने बरस हो गये हैं?—अभी बताती हूँ। एक—दो—तीन—धीरे क्यों? जोर लगाकर न गूँधूँगी तो तुम में जान कैसे पड़ेगी?—सात ग्यारह—बारह-बारह बरस हो गये हैं। इन बारह बरसों का एक-एक झण पूरा एक कोस लम्बा था। हाँ अब रच बस गये हो। अब धीरे-धीरे गूँधूँगी—सो तो नाहीं गये? बारह बरस के क्षण-प्रति क्षण का हिसाब जोड़ कर बताओ। मैं कितने कोस चल चुकी हूँ—आँ, एक क्षण भी कहीं नहीं ठहरी—कौन बेटा अपनी माँ को हजारों कोस के रास्ते पर अकेले चढ़ाकर अलग हो जाता है? कहा करता था, माँ, एक बार बड़ा हो लेने दो फिर देखना—क्या देखूँ—नजर ही फोड़ गया है तो बोलो, क्या देखूँ? एक बार कहीं नजर आ जाए तो मोरा सारा देखना हो जाए। अरे आटे रे आटे, मैं अपनी रामकहानी सुना रही हूँ परन्तु तुम गुँध-गुँध कर ऊँघ रहे हो। ठीक है भैया, सोकर थोड़ा-सा निखर जाओगे तो तोरे पेड़े बनाऊँगी—मैं भी अनजाने में भाबू के हाथों गुँध-गुँध कर ऊँघने लगा था। मैंने सर झटकना चाहा कि इस जादुई ऊँघ से बाहर आ जाऊँ परन्तु वैसे ही दीवार से जड़ कर खड़ा रहा।

उस पीतल की गागर ने शायद दूर से चमक-चमक कर भाबू को आवाज दी थी। वह उसकी ओर मुँह लटका कर कहने लगी, हाँ बाबा, तुम जाग रही हो। परन्तु धागे का सिरा ही मोरे हाथ से छूट गया है तो खींचूँ क्या?—अपना सर! हह हा—हह हा!—वह काँच के गिलासों की ओर देख कर हँसने लगी। दुनिया जहाँ की बातें सुनाती रहती हो परन्तु तुम सदा खाली रहते हो। भरे-भरे नजर आ जाओ तो देखने वाला प्यार से मुँह लगा ले। नाहीं नमकदानी से परे ही रहो... नाहीं तो लाल मिर्च की बास से छींक कर टूट जाओगे। बड़ी तेज है!—फिर वह नमकदानी पर सर झुका कर मिर्च से बोलने लगी। गुस्सा न मानना बड़ी बी। इतनी तेज हो कि सभी कहते फिरतें हैं। तोहे चख के देखूँ? न बी न, मुझे चख-चख कर तोहे बड़ा मजा आता है? तो चखती रहा करो। बड़ी बी मैं मनाँ थोड़ा ही करती

हूँ—क्या—?—अपने खोए हुए छोकरे की बातें सुनाऊँ, क्या सुनाऊँ?—कहीं मिल जाए तो तुम सारी की सारी उसके मुँह में उलट दूँ। बताओ अपनी सगी माँ के साथ कोई इस तराँ भी करता है? अरे तुम सबने एक ही बखत क्यों बोलना शुरू कर दिया है?—एक-एक कर के बोलो—नाहीं मुझे क्या पता, अब वह कहाँ है? है भी, जा नहीं—और हो भी, तो अब मोरा तो नाहीं, अपनी उस माँ का है जिसे जोरू बना के उसके साथ रहता होगा। अरे फिर भाबू—भाबू!—भाबू!—मैं क्या बहरी हूँ? चुप!—भाबू ने सभी वस्तुओं की ओर सर घुमाते हुए अपना हाथ सर से ऊपर उठा कर कहा—चुप!

हमारे रसोईघर की एक-एक वस्तु साँस ले-ले कर, बोल-बोल कर भाबू के संसार में सम्मिलित थी और मैं उसी तरह रसोईघर की बाहरी दीवार में गड़ा हुआ था।

भाबू हाथ धोने के लिए उठने लगी तो स्टोव ने शायद सर उठा कर उससे कहा, आज मैं तुम्हें तंग नहीं करूँगा भाबू। अपने आप जल पड़ूँगा।

—आँ, जो अपने आप जल पड़ते हैं बेटे, धुएँ में उनका दम नहीं उलटता...

भाबू पानी के नल के पास आ खड़ी हुई। बोलो, आज भी पानी से खाली हो? तोहे बन्द ही पड़ा रहने दूँ—नाहीं? आज इतने भरे-भरे हो के गोते खा रहे हो।

भाबू ने नल खोल दिया तो पानी खुशी की अधिकता से भाबू, भाबू करता हुआ, उसके हाथ धोने लगा। शोर क्यों मचा रहे हो रे? इतने साफ हो फिर भी दिखने में नाहीं आते। सिरिफ सुनाई दे रहे हो। अरे भाई, इतना ऊँचा मत बोलो। धीर-धीरे बोल कर समझाओ तो कुछ समझ में भी आये।

छ...छा...भाबू! छा...भाबू!...

अरे हाँ पानी ही तो बोल रहा है!...छा!...भाबू...अभी तक तो मुझे केवल भाबू की बातों से महसूस हो रहा था कि सारी वस्तुएँ बोल रही हैं परन्तु...शायद आप विश्वास न करें...अब मेरे कान मू उन्हें सुनने लगे। छा...भाबू।

तोरी छल-छल में मुझे कुछ भी सुझाई नाहीं दे रहा...भाबू ने नल को घुमा कर पानी का दबाव कम करना चाहा।

नहीं भाबू मुझे पूरा खुल कर बोलने दो।

पूरा खुल कर बोल लो बाबा,...वह भी खुल कर बोला करता था। परन्तु क्या मालूम मुझे डुबो किधर चला गया?

चला कहाँ गया, भाबू? पानी कहीं भी हो, अपने अन्दर ही अन्दर तुम उसी में डूबी होती हो...मेरी ओर ध्यान से देखो...और ध्यान से देखो भाबू!

भाबू पानी को इतने ध्यान से देखने लगी कि वह उसकी आँखों में भर आया।

मैं पत्थर का पत्थर दीवार से जड़ा हुआ था और फूट-फूट कर देखें जा रहा था कि अपनी जान छिड़क-छिड़क कर भाबू ने एक-एक बेजान वस्तु में जान डाल दी है...मुझमें भी!

ख़ोराक

वह पाँचों यहीं इस छोटी-सी खोली में रहते थे। चार प्रतिदिन काम-वाम की तलाश में निकल जाते और पाँचवाँ उनका खाना तैयार करता और ख़ाली समयों में कहानियाँ लिखता।

पिछले दो दिन किसी को कोई काम न मिला, इसीलिए सभी थक-हार कर खोली में ही पड़े रहे।

"सौभाग्यशाली तो केवल एक हमारा अम्बे पादशाह है।" उनमें से एक ने फ़र्श पर लेटे-लेटे कहानीकार के बारे में कहा। "हम सारा-सारा दिन जूतियाँ चटख़ाते रहते हैं, और इधर हमारा पादशाह मज़े से हाथ पर हाथ धरे खोली में बैठा रहता है।"

"हाथ पर हाथ धरे कहाँ बैठा रहता हूँ," अम्बे पादशाह ने बचाव में कहा, "राशन खत्म पड़ा था, इसलिए कल दिन भर बनिए की दुकान से आटा चुरा लाने की ताक में लगा रहा।"

'शाबाश, पादशाह! तुम सचमुच पादशाह हो।" सभी के चेहरे चमकने लगे। "क्या कुछ आलू भी चुरा लाये?"

"बड़ी मुश्किल से आटे पर हाथ साफ़ किया। दो-चार दिन तो चल ही जाएगा।" वह सबके लिए रोटियाँ निकाल कर रखने लगा।

"आओ बैठो।"

"परन्तु रोटी के साथ खाएँगे क्या?"

"मेरा सर!" पादशाह ने अपना सर उनके आगे लटका दिया। "काट के खा जाओ...बड़ा स्वादिष्ट है।"

चारों उसके आस-पास बैठकर रोटियों पर टूट पड़े।

"अम्बे पादशाह, आजकल क्या लिख रहे हो?"

"तुम्हारे पादशाह को कहानी लिखने के इलावा और आता ही क्या है?"

"क्यों, रोटियाँ भी तो पका लेते हो।"

"रोटियों का क्या है? वह तो आटा हो तो तुम भी पका सकते हो।" पादशाह उनके लिए पानी के प्याले भर-भर कर रखने लगा। "मैंने एक बड़ी ज़बरदस्त कहानी लिखी है। वह यूँ है, इक्कीसवीं शताब्दी के मँझधार में आबादी इतनी बढ़ गयी और ख़ोराक इतनी कम हो गयी कि दुनिया के आधे लोग रात को भूखे ही सो जाते।"

"क्या खूब! इक्कीसवीं शताब्दी आने से पहले ही अपने मँझधार में जा पहुँची।"

"कहानियों में यही होता है शेरे।" पादशाह ने अपनी युक्ति को उद्घटित के अन्दाज में गर्व से कहा। "जिसे भी आना होता है वह कहानियों में आ के बीत चुका होता है।"

"परन्तु अम्बे पादशाह, आधे लोग क्यों, और इक्कीसवीं शताब्दी क्यों? हम तो अभी से अक्सर पाँचों के पाँचों भूखे सो जाते हैं।"

"तुम बाईसवीं शताब्दी के लोग हो।" अम्बे पादशाह झल्ला-सा गया। "बोलो, कहानी पूरी करूँ, या यहीं छोड़ दूँ?"

"गुस्से में क्यों आ गये हो पादशाह? लो हम सभी ने कान खड़े कर लिए हैं।"

शेरे अपने तीनों साथियों के खड़े कानों की ओर निगाह दौड़ा कर हँसने लगा। "मुझे तो लग रहा है कि खड़े कानों मेरे दम निकल आयी है और मैं शिकार की घाट में बैठा हूँ।"

"हह हा हह...हह...हा...!"

अम्बे पादशाह उनकी वहशियाना हँसी पर घबरा-सा गया।

"अच्छा सुनो, मैं अपनी कहानी एक ही बोल में पूरी किए देता हूँ।" वह जल्दी-जल्दी अपनी बात करके मुँह ख़ाली करना चाहता था। "क़िस्सा कोताह।"

"न, न क़िस्सा कोताह मत करो पादशाह। तुम्हारा यही सालन तो हम रोटी के टुकड़ों के साथ लगा-लगा कर खा रहे हैं।"

"नहीं, पहले सुन लो। इक्कीसवीं शताब्दी के साइंसदानों ने लोगों की भूख का हल चुटकियों में दरियाफ्त कर लिया।"

"हाँ, हमारे आज के वैज्ञानिकों का भी जवाब नहीं।" बोलने वाले ने मुँह खोला तो रोटी का ख़ुश्क लुक्मा उसे अपने गले में अटकता हुआ महसूस होने लगा। "पादशाह, किसी दिन कहीं से मुर्गा उठा लाओ तो जानूँ।"

"अरे, मैं तुम्हें बताना ही भूल गया।" शेरे सबको मुख़ातिब कर के कहने लगा "कल मेरी मुलाक़ात एक बड़ी तेज़ छोकरी से हो गयी। हमारे गाँव की गोर उन मिर्ची से भी ज़्यादा तीखी थी, इतनी हाई क्लास खाने-पीने की चीज़ कि उँगलियाँ चाट-चाट के खाते जाओ और सी-सी करते रहो।"

"सुनाते जाओ, शेरे, बड़ा मज़ा आ रहा है।"

"हाँ, रुको नहीं।"

"मैं कहाँ रुका हूँ" शेरे ने अपनी टाँगें फैला लीं। "मैंने उस छोकरी को एकदम मुँह में ठूँस लेना चाहा, परन्तु वह मेरे हाथ से परे उछल कर बोली, "पहले मुर्गा खिलाओ।"

"तो फिर तुम उसे खोली में क्यों न ले आये?"

"ले आता, परन्तु मुर्गा क्या तुम्हारा बाप लाता?"

"मेरा बाप तो मर-खप चुका है, मैं आप ही मुर्ग़ा बन जाता।"

"दो कौड़ी तुम्हारा मोल नहीं, मुर्गे जैसी चटपटी चीज़ कैसे बन जाते?"

"अरे भाई क्या हुआ? बाजार से मुर्गा ख़रीद लाते।"

"बाज़ार से मुर्ग़ा ख़रीद लाते।" शेरे ने उसकी नक़ल उतारी। "किस बाज़ार से, लुक़माने? हमारे पास तो मुर्ग़ा छूने के दाम भी नहीं।"

"भई, मैं तो उसे जी ही जी में छू लेता हूँ।"

"तो फिर जी ही जी में उसे खा भी लिया करो भाई मेरे।"

"अरे पहले छोकरी की पूरी कहानी तो सुन लो।" लुक़मान ने उन्हें रोक कर शेरे की ओर मुँह फेर लिया। "तो फिर तुमने उस गोरान मिर्ची को छोड़ दिया?"

"मैं क्यों छोड़ता? वही मुझे छोड़ कर भाग गयी।"

"वाक़ई तुम दो कौड़ी के भी नहीं, शेरे। बना-बनाया खेल

चौपट कर दिया।'' लुक़मान की ओर पादशाह ने एक और रोटी बढ़ाई, तो वह अचानक उस पर बरस पड़ा। ''खाऊँ तुम्हारा सर, बनिए का आटा तो चुरा लाये, लाल मिर्ची माँग के ले आते।''

''रोटी खिलाने वाले को क्यों अकारण डाँट रहे हो?''

शेरे लुक़मान को हिदायत करके पादशाह की ओर देखने लगा।

''अम्बे पादशाह, तुम्हारी कहानी फिर बीच में रह गयी।''

''सुनो तो पूरी हो।''

''छोड़ो पादशाह, तुम्हारी कहानियाँ सुन-सुन के तो इस दशा को पहुँचे हैं।''

''तो ठीक है, जाओ भाड़ में।'' पादशाह बुझ कर पीठ पलटने लगा। ''तुम अपने निवाले चबाते रहो, मैं अपने चबाता हूँ।''

''रूठ गये, पादशाह?'' लुक़मान ने आगे झुक कर उसकी गर्दन में अपना बाजू डाल लिया और चटाख से उसका मुँह चूम लिया।

''हो जाओ शुरू।''

''शुरू क्या होना है?'' पादशाह फिर उनकी ओर मुड़ आया। ''बाक़ी केवल ये कहना रह गया है कि इक्कीसवीं शताब्दी के वैज्ञानिकों ने चुटकियों में ख़ोराक की समस्या हल कर दी।''

''अरे भई, ये तुम क्या कह चुके हो।''

''हाँ, आगे की बस ये है, साइंसदानों ने तजुर्बे कर के साबित कर दिया कि आदमी का गोश्त मुर्ग़े के गोश्त से भी स्वादिष्ट और पोष्टिक है और आदमी की पूरी ख़ोराक का काम देता है...न आटा, न फल, न दूध... आदमी का गोश्त खा लें तो और कुछ भी नहीं चाहिए।''

''सच पादशाह।''

''हाँ बिल्कुल सच!'' अम्बे पादशाह ने चमक कर जवाब दिया। ''तुम एक हाँ करो तो मैं तुम्हें अपनी रान से कुछ गोश्त काट कर खिलाऊँ।''

सूखे निवालों से हाथ रोक कर चारों ने अपनी घृणित आँखें पादशाह की रान पर जमा लीं और फिर थोड़ी देर बाद हड़बड़ा कर एक-दूसरे की ओर देखते हुए शर्मिन्दगी से हँसने लगे।

जागीरदार

वह बारह-तेरह वर्ष की बड़े सरल स्वभाव की छोकरी थी। दरवाज़ा खुलते ही पहले तो मुझे देख कर उसने अपना हाथ झट से पीछे कर लिया और फिर झिझकते हुए उसी हाथ को आगे बढ़ा कर बोली।

"ये चिट्ठी!..."

मैं उसके हाथ से काग़ज का पुर्ज़ा लेकर पढ़ने लगा।

श्रीमान्, मैं आपके मोहल्ले में ही रहता हूँ। कभी बहुत अच्छे दिन देखे थे। आज बहुत नाजुक स्थिति से दो-चार हूँ। अपनी बेटी को भेज रहा हूँ, सम्भव हो तो कम से कम पाँच रुपये भेज दीजिए ताकि घर में हाँडी पक सके। आपके पैसे जल्द ही लौटा दूँगा। शरीफ़ आदमी हूँ परन्तु...

मैंने अन्तिम दो पंक्तियाँ पढ़े बिना चिट्ठी लिखने वाले का नाम देखने के लिए नज़र नीचे सरका ली...जागीरदार...और जेब से पाँच का नोट निकाल कर लड़की के हाथ में थमा दिया।

मुझे यहाँ रिहाइश को पूरे एक महीना भी न हुआ था और इतने बड़े मोहल्ले के सभी लोगों से तो क्या, अपने पड़ोसियों से भी अपरिचित था...होगा कोई ग़रीब बेचारा...मैं दरवाज़ा बन्द कर के वापस अन्दर आ गया।

इस घटना को कोई डेढ़ महीने बीत गये। मैं एक दिन सिनेमा के मैटनी शो के लिए जाने की तैयारी कर रहा था, किसी ने दरवाज़ा खटखटाया।

दरवाज़े पर वही लड़की खड़ी थी।

मुझे ख़याल आ गया कि शायद पैसे लौटाने आयी है।

"ये चिट्ठी!..."

उसके बाप ने उसी लेख के साथ फिर पाँच रुपये माँग भेजे थे। मैंने जल्दी से जेब से दो रुपये निकाले और लड़की से कहा—"यही ले जाओ।"

लड़की चली गयी तो मुझे शर्मिन्दगी-सी हुई—कोई ऐसी मजबूरी ही हो तो सफ़ेदपोश इस तरह हाथ फैलाते हैं। मुझे पाँच ही भेज देना चाहिए थे।

उसके बाद वह लड़की तीन-चार माह तक नज़र न आयी और फिर एक दिन दरवाज़े पर वैसी ही खटखटाहट हुई।

वही लड़की खड़ी थी।

"ये चिट्ठी!..."

जागीरदार ने ठीक उसी लेख में अब के दस रुपयों की माँग की थी। मैंने मुस्कुराकर लड़की के हाथ में इस बार भी दो का नोट थमा दिया और यूँही सोचने लगा कि भला आदमी इसी तरह माँग कर समय काटने का आदी मालूम होता है—चलो। मैंने दो ही तो दिए हैं। सर झटक कर मैं अपने काम में व्यस्त हो गया।

पिछले सात-आठ महीने के अधिकतर दिन मैंने कारोबार के सिलसिला में घर के बाहर बिताये। इस बीच वह लड़की कभी आयी हो तो मुझे मालूम नहीं। आज सुबह के समय मैं दूध वाले का इन्तज़ार कर रहा था। थोड़ी देर बाद घण्टी की आवाज़ सुन कर मैं बरतन लेकर बाहर आ गया कि दूध डलवा लूँ। दरवाज़े पर दूध वाले की बजाय एक अधेड़ उम्र शरीफ़पोश व्यक्ति खड़ा था।

"मेरा नाम जागीरदार है।"

"आइए।"

"नहीं, छोटी-सी बात करना है। यहीं किए देता हूँ।"

"कहिए।"

"इस बार लड़की को चिट्ठी देकर नहीं भेजा, आप ही हाज़िर हो गया हूँ—आप से ये निवेदन करना है कि—"

मैंने उसे रुपया-दो रुपया देने के लिए जेब में हाथ डाला।

"नहीं, ठहरिए, पहले मेरी प्रार्थना सुन लीजिए—मैं अपनी चिट्ठियों में जो रक़म लिखूँ, कृपया आप वही भेजा करें।" मैं उसकी ओर आश्चर्य और गुस्से से देखने लगा।

"मेरी बेटी अब पूरी जवान हो चुकी है श्रीमान, अब तो आपको पूरे ही पैसे चुकाने होंगे!!"

ग्रीन हाउस

यू. एन. ओ. के डिप्टी सेक्रेटरी जनरल के उस निजी सन डाउनर से मोलू अब घर लौटना चाह रहा था परन्तु उसने इतनी पी ली थी कि उसे डर था, उठा तो लड़खड़ाने लगूँगा।

ऑस्ट्रेलियन लाकर उसकी इच्छा और भय भाँप कर हँसने लगा। "परन्तु जब नशे की ये हालत हो तो घुटनो को सीधा ही क्यों किया जाए?"

लाकर से मोलू ने पूछना चाहा कि ये क्या नाम हुआ, लाकर?–और स्वयं ही जवाब भी देना चाहा–अच्छा, अपने अपराधपेशा बाप-दादा की याद में अब भी तुम्हारा मुँह बन्द है–परन्तु अपने सामने ही बैठे अमरीकी फारन आफिस के एक सीनियर आफीशियल को पाकर वह उसी पर टूट पड़ा। "मिस्टर लाकर, क्या तुम हमारी अमरीकी सरकार की किसी हालिया बदहवासी पर टीका-टिप्पणी कर रहे हो?"

"क्या मतलब?" अमरीकी आफ़ीशियल के कान इतने खड़े हो गये कि वह अपने कान ही कान नज़र आने लगा।

"मतलब ये, कि जब से रूसियों ने 'तायब' होकर कान पकड़ लिए हैं, व्हाइट हाउस नशे में अपनी दो टाँगों पर खड़ा ही नहीं हो पा रहा–तुम यही कहना चाह रहे थे ना मिस्टर लाकर?" मोलू ने अपनी बात से हर्षित होकर सेटवर्ड से एक और व्हिस्की तलब की "इन परिस्थितियों में क्या ये ठीक नहीं, माई डियर ब्लैकबर्ड।" उसने अमरीकी आफ़ीशियल से पूछा। "अमरीकी सरकार ज़रा दम लेने के

लिए चुपचाप बैठी रहे?"

लाकर ने शायद व्हिस्की का घूँट भरने के लिए मुँह खोला था परन्तु वह बोल उठा। "अमरीकी का तो स्वभाव है कि दम लेना हो तो और तेज़ चलने लगता है।"

"मैं भी तो अमरीकी हूँ।" मोलू ने उसे जवाब दिया। "मैं तो दम लेने के लिए दम ही लेता हूँ।"

"इसीलिए वह अमरीकी राजनीतिज्ञ—क्या नाम है उसका?—वह तुम्हारी अमेरीकियत को संदिग्ध करार देता है।" लाकर को नशे में ज़बान को ढीला छोड़ देना बड़ा रुचिकर लग रहा था। "वह तुम्हारी सारी पत्रकारिता सलतनत ख़रीदने के लिए एड़ी-चोटी का ज़ोर लगा रहा है।"

"सुनो, मिस्टर लाकर।" मोलू क्षण भर बेचैन-सा होकर वही मोलचंद-धर्मचंद नज़र आने लगा जो कोई डेढ़-एक दशक पहले कीनिया की आज़ादी पर वहाँ अपना सारा बिज़नेस बेच कर यू. एस. ए. में आ बसा था। "सुनो, सौदा अगर वाकई पट गया तो तुम देखोगे तुम्हारा वह घाघ राजनीतिज्ञ ही सर से पाँव तक बिक जाएगा।" उसे जैसे अपना यह बयान भी अल्प लगा। "मेरा मतलब है, मैंने उसे ख़रीदना चाहा—"

मोलू ने एक ही डेक में अपनी सारी व्हिस्की कण्ठ से उतार ली तो आप ही आप शान्त होकर मुस्कुराने लगा।

ब्लैकबर्ड के कान ढीले होकर नीचे लटक आये और वह हँस कर कहने लगा। "यदि तुम मेरे वेतन का दोगुना रक़म देने पर तैयार हो मोलू, तो मुझे ही क्यों नहीं ख़रीद लेते?"

"दो गुने वेतन पर क्यों?"

हेएटी कहती है।" ब्लैकबर्ड हँसते हुए अपनी पत्नी की ओर देखने लगा, जो पीने से तृप्त होकर खा-खा कर मुँह हिलाये जा रही थी। "यदि तुम दोगुना वेतन न लाये तो तुम्हें तलाक़ दे दूँगी।"

"तलाक के झंझट में क्यों पड़ती हो, हेएटी डार्लिंग?" मोलू ने ब्लैकबर्ड की पत्नी को सलाह दी। "दोगुना वेतन के लिए दो पति कर लो।"

हेएटी और ब्लैकबर्ड ने सबसे ऊँचा ठहाका लगाया।

"अपनी पत्नी को साथ क्यों नहीं लाये, नॉटी ब्वॉय?" हेएटी मोलू से पूछने लगी।

"कैसे लाता?" ठीक समय पर उसके एक दाँत में दर्द उठ आया। घरेलू नुस्ख़ों से बात बनने में न आयी तो मैंने डॉक्टर को फ़ोन किया।" मोलू ने सेटवर्ड को एक और व्हिस्की का इशारा किया। "मैं उसे डॉक्टर के घर छोड़ कर यहाँ चला आया हूँ।"

"सुन्दर औरतों को रात के समय जवान डॉक्टरों के घर नहीं छोड़ना चाहिए।" हेएटी अपने पर्स से शीशा निकाल कर होंठों पर लिपस्टिक की तह जमाने लगी।

"सुन्दर औरतों का अधिमान यदि यही हो।" मोलू एक अर्से से महसूस कर रहा था कि वह और उसकी पत्नी एक-दूसरे के लिए अपनी मुहब्बत को दोहरा-दोहरा कर हद से ज्यादा बोर हो चुके हैं। "तो हमारे अमरीकी क़ानून के अनुसार पतियों को इसके अतिरिक्त कोई चारा नहीं उन्हीं के अधिमानों पर छोड़ दें और अपने अधिमानों को दरियाफ्त करें।"

जवाब में हेएटी ने अपने बाल झटक कर कुछ इस तरह आँखें मटकाईं जैसे कह रही हो, मैं तो तुम्हारे सामने बैठी हूँ परन्तु मुझे दरियाफ्त करने के लिए तुम न मालूम कहाँ भटक रहे हो। "तुम्हें घर जाने की इतनी जल्दी क्यों है? क्या पता डेंटिस्ट उसे सारी रात इलाज के लिए वहीं रोके रखे?"

"परन्तु तुम ये क्यों समझती हो लिट्ल गर्ल, कि घर लौट कर हम वाक़ई घर जा पहुँचते हैं?"

"तो फिर कहाँ जा पहुँचते हैं?" हेएटी का विचार था कि अनजानपन के मेकअप से औरत के लैंगिक आकर्षण में ढेरों वृद्धि हो जाती है।

"क्या पता, कहाँ?" यदि हेएटी का पति वहाँ मौजूद न होता तो मोलू हेएटी के पास सरक कर अपना सर उसके सीने पर टिका लेता। "बर्डी!" उसने हेएटी के पति को मुख़ातिब किया। "यदि मैं सचमुच तुम्हें ख़रीदना चाहूँ तो कितने पैसे लोगे?" और फिर अपने

सवाल के जवाब का इन्तज़ार किए बिना उसने हेएटी की ओर मुँह फेर लिया। "हाँ हेएटी डियर, क्या पता, कहाँ?"

लेकिन मोलू के ज़ेहन में अपने घर की कल्पना केवल उसी एक घर से बँधी हुई थी जहाँ वह पैदा हुआ था–हिमालय के पहाड़ी सिलसिले के कुछ ही फ़ासले पर उस छोटे-से मैदानी शहर सेयालकोट में एक छोटा-सा निहायत पुराना मकान, जो इतना बड़ा था कि इतने सालों की दूरी से भी मोलू को वैसे ही साफ़ दिखाई देता था, और इतना पक्का कि अभी तक उसके दिलो-दिमाग़ में जूँ का तूँ खड़ा था। सेयालकोट में वह कभी घर पहुँचने से लेट हो जाता तो यहाँ ट्रंकों वाले बाज़ार से उस जैनियों की गली में से डग भरते हुए वह वहाँ उस पुल पर आ पहुँचता और फिर वहाँ से दौड़ते हुए एक ही साँस में मन्दिर के पड़ोस में अपने घर के दरवाज़े के सामने–

"भाबू जी!"

वह गला फाड़ कर माँ को आवाज़ देता और उसकी बावली माँ जैसे अपने भीतर उसी को ढूँढ़ रही होती और उसकी आवाज़ सुनते ही अचानक अन्दर से निकल कर उसे अपने बाजुओं में ले लेती। "तू किद्धर निकल गया सीं मोलू?" बचपन में भी मोल चन्द को सब मोलू ही कह कर पुकारा करते थे।

"कह के जाया कर, पुत्रा।"

"या फिर हेएटी" मोलू ने अचानक हेएटी की ओर मुँह उठा कर कहा। "घर वह होता है जहाँ हमारा इन्तजार किया जाता है।"

ब्लैकबर्ड ने ज़ोर से क़हक़हा लगाया। "किस से मुख़ातिब हो मोलू? मेरी पत्नी को तो उसकी एक दोस्त ले गयी है–कहाँ?–यहीं कहीं किसी दिलचस्प आदमी से मिलाने।"

"दिलचस्प आदमी!" मोलू ने मुँह में बड़बड़ा कर वहाँ से एक बार फिर उठने का इरादा किया लेकिन लड़खड़ा-सा गया और फिर बैठ गया।

तुम्हारा घर बहुत दूर है मोलू। क्या तुम्हें विश्वास है। सुरक्षित पहुँच जाओगे? आस्ट्रेलियन लाकर ने मोलू से भी ज़्यादा चढ़ा रखी थी लेकिन वह किसी लती मुजरिम की तरह शान्त एवं सन्तुष्ट नज़र आ रहा था।

“फ़िक्र मत करो, लाकर” ब्लैकबर्ड बोला। “हमारी अमरीकी गाड़ियाँ विश्वसनीय हैं।”

“क्या वह तुम्हारी शराब नहीं पीतीं?” रूसी राजदूत एक जर्मन अमरीकी फ़ायर आर्म्ज़ डीलर के बाज़ू में बाज़ू डाले किसी अरब रिपब्लिक के प्रतिनिधि के साथ अचानक उनके सरों पर आ खड़ा हुआ।

“नहीं, वह हमारी पवित्र मातृभूमि का तेल पीती है।” अरब गणतन्त्र का प्रतिनिधि सब की ओर दाद तलब नज़रों से देखते हुए अपने दोनों साथियों के साथ वहीं बैठ गया।

“मैं समझा था एक्सेलेंसी, तुम दावा करोगे तुम्हारी पवित्र मातृभूमि का दूध पीती हैं।” मोलू के हाथ-पैर जवाब देने लगते हैं तो उसको ज़ेहन तन जाता। वह सोचने लगा क्या ही अच्छा हो जो आदमी का उठना-बैठना उसकी सभी ट्रेफिकिंग केवल उसके जेहन में हो, उसके सारे काम यहीं अंजाम पाते रहें।

उसे खिलखिलाकर हँसते हुए पाकर सभी उसकी ओर देखने लगे।

मैं दरअसल प्राचीन भारत के उन ऋषियों के बारे में सोचने लगा था जो एक बार किसी पेड़ के नीचे कच्ची मिट्टी पर समाधि लगा लेते थे तो मिट्टी में इतने मिट्टी हो जाते थे कि उनके अस्तित्व पर पेड़ उग आते थे परन्तु वह अन्दर ही अन्दर निरन्तर धड़कते रहते थे और उनके अस्तित्व में सारी दुनिया सिमट आयी थी और–

“ईश्वर के लिए मालूम?” जर्मन अमरीकी कारख़ानेदार ने मोलू को टोका। “हम तुम्हारा ये आर्टिकल कल तुम्हारे गुड ओल्ड, आल वर्ल्ड, में पढ़ लेंगे। उस समय केवल बातें करें, केवल मुँह हिलाओ।”

“इसमें क्या मुश्किल है?” मोलू ने जर्मन अमरीकी को खाने की प्लेट पर हाथ साफ़ करते हुए देख कर कहा। “पेट भरते जाओ, मुँह हिलता रहेगा।”

“इससे मेरा काम बहुत मुश्किल हो जाएगा।” इसी गिरोह के एक कोने में अखिल विश्व संस्थाओं के फूड फॉर ऑल प्रोग्राम का

बॉस भी चुपके से आ बैठा था।

"हाँ, माई डियर मोलू, यदि हमने इतना खाना शुरू कर दिया।" जर्मन अमरीकी ने खाने की वस्तुओं से हाथ खींच लिया। "तु, तुम्हारे हिन्दुस्तान भेजने के लिए क्या बचेगा?"

"फायर आर्म्ज़, माई डियर डीलर इन डेथ!"

सभी के ठहाके किसी बम की तरह फूट पड़े, जिससे आस-पास के लोग उन्हें जिज्ञासा से देखने लगे।

"एक बात मेरी समझ में नहीं आती–" फ़ूड फॉर ऑल प्रोग्राम का बास कहने लगा। "जब भारत और पाकिस्तान के पास पेट भर खाना भी नहीं तो वह किसे बचाने के लिए अपना सारा पैसा डिफेंस पर खर्च कर देते हैं?"

"और किसे? अपनी भूख और–"

"और भगवान को–है ना?"

"हाँ भारतीय हो या पाकिस्तानी, भगवान को भी अपने सामान में बाँध कर पनाह की तलाश में दुनिया भर में मारा-मारा घूम रहा है।"

"भगवान को भी क्यों?"

"भगवान के बिना उसकी लड़ने-झगड़ने की इच्छा क्योंकर पूरी होगी?" सब हँस दिए।

"हँसने कही बात नहीं। घर में आग लगी हो–"

"कौन लगाता है आग?"

"घर में आग लगी हो।" बोलने वाले ने ज़ेहन में बिखरते हुए वाक्यों को जल्दी से नये सिरे से इकट्ठा किया, "तो प्रत्येक व्यक्ति शान्ति के लिए बाहर की ओर दौड़ता है–"

"शान्ति!–माई फ़ुट!" जर्मन अमरीकी उन्हें बताने लगा। "मेरे भाई ने जर्मनी से लिखा है कि वहाँ बीसियों संदिग्ध अड्डों पर एक-एक कमरे में एक-एक दर्जन एशियाई बीमार मवेशियों की तरह फ़र्श पर ऊपर तुले पड़े रहते हैं और पुलिस वीजा चेक करने के लिए छापा मारती है तो वह दुहाई देने लगते हैं, हमारी खाल खींच लो, जान लो, परन्तु हमें वापस घर मत भेजो–"

"आश्चर्य है–! उनके पत्नी बच्चे–"

"पत्नी बच्चों को भी यही डर लगा रहता है कि कहीं वह घर न लौट आएँ।"

"आश्चर्य है–!"

"इसमें आश्चर्य की क्या बात है? यदि वह घर लौट जाएँ तो उन्हें परदेस से पैसा कौन भेजेगा–? क्यों, मोलू–?"

"ओह, शटअप!" मोलू उसे बड़ी मोटी गाली बकना चाहता था, परन्तु उसे वह दिन याद आ गये जब वह अपने बूढ़े माँ-बाप और जवान बहन को पीछे छोड़ कर पहले-पहल कीनिया आ निकला था। उन दिनों उनके यहाँ उसके बाबा का दूर का एक रिश्तेदार आया हुआ था जिसने कीनिया में अपनी ग्रोसरी से लाखों की दौलत पैदा कर रखी थी। ग्रोसर ने उसकी बी. ए. की थर्ड क्लास डिग्री पर रीझ कर उसे फुसला के कीनिया चलने पर राज़ी कर लिया था। ताकि वहाँ पहुँच कर वह उसकी लड़की से शादी कर ले।

कीनिया में मोलू की दुल्हन एक दिन उसे अपने बाप की ग्रोसरी वैन में नेशनल पार्क ले गयी जहाँ मीलों के अहाते में जंगली जानवर खुले घूमे फिरते थे। उस रोज़ का एक मंजर मोलू जैसे उस समय उस सन डाउनर 'बईना' देख रहा हो। एक जंगली बैल सर झुकाए घास पर मुँह मार रहा है कि उसके पीछे से अचानक एक शेर उस पर चढ़ आया है और उसे चीरने-फाड़ने लगा है परन्तु बैल वैसे ही अपनी चार टाँगों पर खड़ा है और मुँह में आयी घास को तेज़-तेज़ चबाने लगा है कि मरने से पहले उसे कंठ से उतार ले।

वह सारी रात मोलू ने चुपके-चुपके रह कर बिताई थी और अपने माँ-बाप और बहन तीनों को मुख़ातिब कर के एक बड़ी लम्बी चिट्ठी लिखी थी। और उन्हें विश्वास दिलाया था कि वह प्रत्येक महीने वेतन के दिन घर पहुँचने से पहले ही आधा वेतन का मनीआर्डर पोस्ट कर दिया करेगा। उसके पहले मनीआर्डर के पावती पर बाबा ने उसे तुरन्त खबर किया था कि यहाँ सब सकुशल हैं। तुम्हारा मनीआर्डर मिल गया है और हमने सोचा है कि अगले तीन माह के मनीआर्डरों से पहला काम ये करेंगे कि सारे घर का फ़र्श

पक्का करवा लें—तुम्हारी माँ और बहन कच्चे फ़र्श के लीप-पोत से तंग आ चुकी हैं और—

"शटअप—!" मोलू ने सर उठा कर फायर आर्म्ज़ डीलर से कहा, परन्तु जब उस जर्मन अमरीकी ने उसे हँसते हुए बताया, मैं तो तुमसे पूछ रहा हूँ भाई, तुम्हारी तबीयत तो ठीक है, तो उसने आवाज़ लटका कर जवाब दिया, आयी एम सारी मिस्टर

"तुम बहुत थके हुए लग रहे हो?"

"नहीं, मैंने बहुत पी ली है" मोलू ने कहा, "इन परिस्थितियों में मेरा नशा उस समय कम होता है जब और पियूँ—"

"और—!" जर्मन अमरीकी ने झूम कर कहा, "शराब का नशा हो, या पावर का, या कोई भी, उसका निवारण उसी ढंग से सम्भव है—और—!" फिर वह सभी को मुख़ातिब करके कहने लगा। "हेयर्ज द मेसेज फ्राम अवर ग्रेट अमेरिका। —और—! हमें और कुछ नहीं चाहिए, बस और—! गिलास उठाओ दोस्तो, और अपने इसी अमरीकी दोस्त की ख़ुशी की ख़ातिर एक ही डेक में सारा बचा-खुचा और पी जाओ—"

सभी ने अपने गिलास ख़ाली कर दिए तो दो सेटवर्ड तत्परता से आगे बढ़ कर उनके लिए शराब उड़ेलने लगे।

मोलू ने अपने भरे हुए गिलास पर निगाह डाली और उसे छुए बिना खड़ा हो गया। "थैंक यू, एवरी बाडी! बाक़ी की मैं अब घर जा के पियूँगा।"

"यहीं क्यों नहीं?" ब्लैकबर्ड ने उससे पूछा।

"क्योंकि अपने मकान की चारदीवारी में मुझे अपना आप भरोसे के क़ाबिल मालूम होने लगता है। यही एक जगह है जहाँ मैं धुत चैन से सो जाता हूँ।"

हेएटी उस समय उन्हीं की ओर लौट रही थी। मोलू का वाक्य कान में पड़ने पर वह कहने लगी, "परन्तु घर में सोओगे किसके साथ, मोलू? तुम्हारी पत्नी तो अपने डेंटिस्ट के पास सोने गयी है।"

"दि ओल्ड बिच!" मोलू ने दिल ही दिल में कहा और उसकी ओर हाथ हिलाकर आगे बढ़ गया।

बैंक्वेट हाल में अभी वह चंद ही क़दम चला था कि एक विंग से उसे सुनाई दिया "जम्बो बवाना मोलो।"

उसने देखा कि कीनिया का हाई कमिश्नर चंद लोगों में से उठ कर उसे सलाम कह रहा है।

"जाम्बो, एक्सीलेन्सी।" उसे मालूम था कि अफ़रीकी और एशियाई रिपब्लिकों के राजदूत शाही एहतमाम से पुकारे जाने पर 'जामे' में फूले नहीं समाते।

"आओ, हमारे साथ नहीं बैठोगे बवाना?"

मोलू ने सोचा कि विकसित देशों के नौकरशाहों की दावत क़ुबूल न की जाए तो वह उसे अपनी तौहीन पर इंगित कर लेते हैं। "हाँ, हाँ, क्यों नहीं एक्सीलेंसी?" वह लड़खड़ाये बिना अपना आप महसूस करके उस ग्रुप में आ बैठा और एक नेगरो सेटवर्ड उसके सामने गिलास रख कर शराब उँड़ेलने लगा। नेगरो के झुके हुए सर के बालों के छल्ले देख कर मोलू को लगा कि वह अपने कीनिया के घर में बैठा हुआ है और उसका काला नौकर उसका गिलास भर रहा है।

कीनिया का बीस-बाईस वर्षीय जीवन भी ग्रोसर के दामाद ने राजा बन कर बिताया था—भारत से वहाँ आए अभी उसे दो साल भी नहीं हुए ये कि कुछ कालों ने उसके इकलौते साले का क़त्ल कर दिया। उसका साला अर्द्ध रात्रि को कैबरा देख कर नशे की हालत में घर लौट रहा था कि लुटेरों ने उसकी गाड़ी रुकवा कर उसे ड्राइवर की सेट पर ही ख़त्म कर दिया और उसका बटुवा, घड़ी, अंगूठी—जो कुछ भी उनके हाथ आया—ले के चम्पत हो गये। उसका रण्डवा ससुर भी अपने बेटे के ग़म में चंद ही माह में उसके पीछे हो लिया। फिर जब बुड्ढे के वकील ने उसे कुल जायदाद की तफ़्सील से अवगत किया तो उसने अपने जीवन को नये सिरे से प्लान करने को ठान लिया। उसने अपनी अच्छी-खासी सरकारी नौकरी छोड़ दी। बुड्ढा इतना कुछ छोड़ गया था कि वह काम-वाम के बिना भी ठाठ से रह सकता था, तथपि बच्चे के सामने खिलौनों का ढेर लगा हो तो वह कब तक खेलने से हाथ रोके रखेगा। थोड़ें ही अर्से में उसने ग्रोसरी

संभाल ली। इसके इलावा अपने कुछ पुराने अंग्रेज़ अफ़सरों की कमीशन तय कर के वह कई सरकारी संस्थाओं को ठीके विभिन्न आवश्यकताएँ सप्लाई करने लगा। जूँ-जूँ उसका काम बढ़ता गया वह सारे ईस्ट अफ़रीक़ा में नए ढंग पर ग्रोसरी की एक लम्बी स्वर्ण जंजीर बनाने में जुट गया और इतनी दौलत पैदा कर ली कि कोई एक दशक में उसकी गिनती देश के आधे दर्जन मालदार लोगों में होने लगी।

उसके माँ-बाप?—अब उसे इतनी फ़ुर्सत कहाँ रही थी कि उनकी याद में घुलता रहे। पहल-पहल तो उसने कई बार उन्हें लिखा कि वह उसके पास आ जाएँ, लेकिन बुढ़ा-बुढ़िया अड़ गये कि वह इस उम्र में समुन्दरों पार अपना मुर्दा कहाँ खराब करेंगे, वह यहीं अपने सेयालकोट के घर में उसकी ओर मुँह और मन कर के ठण्डी हवाएँ महसूस कर लिया करेंगे। चुनांचे वह दोनों उसकी ठण्डी हवाएँ महसूस कर कर के सुलगते रहे और वह उनके मासिक एलाउंस में उनकी हमदर्दी और आशीर्वाद के सिले की राशि भी जोड़ कर उन्हें उस समय तक पैसे भेजता रहा जब तक उसे पता न चला कि उसके पैसे चन्द माह से उनके स्थान पर न जाने कौन वसूल करता रहा है। उन्हें मरे-खपे तो आधे साल से भी ऊपर हो लिया था।

उनकी मौत की सूचना पाकर उस शाम को वह अपने बंगले के टेरिस पर तन्हा आ बैठा था और जॉनीवाकर के पेग पै-दरपै चढ़ाते हुए अपने दिल में माँ-बाप की जलती हुई अर्थियों पर निगाह जमाए हुए था और उसका रोना नहीं निकल रहा था, शायद इसीलिए, वहाँ कोई न था जो उसकी ढारस बँधाता-उसकी पत्नी?—नहीं, वह उसकी ढारस कैसे बँधाती?—बाँझ लज्जावती की कोख में कैंसर का ट्यूमर उग आया था और उसके पेट में फैल रहा था। उसे तो स्वयं ढारस की ज़रूरत थी जिसे पूरा करने के लिए मोलू ने चौबीस घण्टों में आठ-आठ घण्टों के लिए तीन प्रशिक्षित नर्सें लगा रखी थीं—उसके बच्चे? नहीं, उसके कोई औलाद न थी जिसकी तोतली आँखों में खोकर उसे अपने टोह-खोह होने लगती।

जलती हुई अर्थियों पर टिकटिकी बाँधे उसने एक और पेग होंठों से लगा लिया और जब शराब अपना रास्ता चीर कर उसके पेट

के अन्दर उतर रही थी तो चाँद आसमान से उसके सर में समाये जा रहा था—चाँद?—जब कीनिया आने के लिए सेयालकोट से उसकी गाड़ी रवाना हुई थी तो चाँद उसके साथ-साथ दौड़े चला आ रहा था—मोलू!—न जाओ मोलू—! अपने माँ-बाप को छोड़ कर कहाँ जा रहे हो?—मोलू—! मो—ओ शटअप—! शटअप—थोड़े ही फासले पर टेरिस की लिफ़्ट के क़रीब अफ़रीकी बैरे आदरपूर्वक खड़े इन्तजार कर रहे थे कि बवाना कोबा कब बेहोश हो और कब वह उसे स्ट्रेचर में डाल कर उसके बेडरूम में पहुँचा दें—

"बवाना?—"

"ओ शटअप —!" मोलू ने नशे में हड़बड़ा कर कहा, और ये देखकर कि उससे तो कीनिया का हाई कमिश्नर बात कर रहा है उसे अफ़सोस हुआ— "आई एम सॉरी एक्सेलेंसी। मैं दरअसल अपने आपको डाँट रहा था।" मोलू ने सेटबर्ड को इशारा किया कि उसके लिए व्हिस्की लाये—

"कामन वेल्थ के देशों को ये एक ब्रिटिश देन है।" ब्रिटिश वाइस कौंसिल वाट्स भी वहाँ मौजूद था। "कि अपने आपको डाँट कर वह अपनी सुधार करते रहे।"

"बहुत अच्छा!" मोलू ने सारे ग्रुप पर नज़र दौड़ा कर कहा। यहाँ तो हेड मास्टर की निगरानी में पूरी कामन वेल्थ क्लास रूम मौजूद है। इण्डिया, पाकिस्तान, पोगेण्डा, कीनिया, आस्ट्रेलिया, न्यूजीलैण्ड— उसने ऊब कर स्वयं को और लोगों की ओर देखने से रोक लिया। "क्या विक्टोरिया राज की बरकतों पर कोई पाठ जारी है मिस्टर वाट्स?"

"मिस्टर मोलू स्पीकिंग क्वाइट लाइक हिस्सेल्फ़!" वाट्स ने कहा। "हम सब तुम्हें मिस कर रहे थे।"

वाट्स के लहजे में सफेद झण्डा पाकर मोलू ने अपना अन्दाज भला कर लेना चाहा। "मिस्टर वाट्स, आई विश आई हैड नॉट रीनाउन्सेड माई ब्रिटिश सिटीज़नशिप—!"

"तुम यदि दरख्वास्त देना चाहो।" ब्रिटिश वाइस कौंसिल ने उसे जवाब दिया। "तो हम फिर से तुम्हारी ब्रिटिश सिटीज़नशिप पर

ग़ौर कर सकते हैं।"

"तुम ब्रिटिश लोग इतना गौर मत किया करो मिस्टर वाट्स।" व्हिस्की का गिलास हाथ में लेकर मोलू स्वयं को रोक नहीं पाया।

"क्या मतलब?"

मोलू व्हिस्की का घूँट भरने के लिए ज़रा रुक गया। "अब यही देखो मिस्टर वाट्स, तुम्हारे ग्रेट ब्रिटेन ने कीनिया के ब्रिटिश पासपोर्ट होल्डरों की ब्रिटिश नागरिकता तो मान ली परन्तु बड़े विचार के बाद ये फैसला किया कि वह लोग अपनी ब्रिटिश नागरिकता के बावजूद आपके मुल्क में रह नहीं सकते–"

"वतन की मुहब्बत का तक़ाज़ा तो ये था मिस्टर मोलू।" भारत का राजदूत कुमुद पूछने लगा, "कि तुम भारत ही लौट जाते। आखिर तुम यहाँ अमरीका क्यों चले आये?"

"वतन की मुहब्बत का तक़ाज़ा पूरा करने, मिस्टर–मिस्टर कुमुड।" कुमुद से बात करते हुए मोलू को हमेशा कुमुड की 'डी' पर जोर डालने की उत्तेजना रहती। "मेरा मतलब है, अस्सी करोड़ की आबादी में एक और 'नफ़्स' की वृद्धि क्यों हो?"

"अस्सी करोड़!" न्यूजीलैण्डर जिन्न आश्चर्य में अपनी आवाज़ को फैलाता ही चला गया। "क्या इण्डिया की औरतें बारह महीने गर्भवती रहती हैं मिस्टर कुमुड?"

"हाँ, मिस्टर जिन्न।" कुमुद की जगह मोलू ने उसे जवाब दिया। "भारतीय पश्चिम वालों से इसी तरह अपने बदले चुकाते हैं। आप लोग कहीं भी मरें। वह आपको अपने देश में पैदा कर लेते हैं–"

"रियली!" जिन्न घबरा कर अपनी सारी जिन्न एकदम पी गया। "टेरेबल! मुझे किसी भारतीय घर में पैदा होना पड़ जाए तो मैं पैदाइश पर ही रो-रो कर जान दे दूँ।"

"परन्तु हम भारतीय सारी ज़िन्दगी रोते रहते हैं। फिर भी हमारी जान नहीं निकलती।"

"परन्तु हम अमरीकियों को भारतीयों में गिनती नहीं करते मिस्टर मोलू।" कुमुद को मोलू पर गुस्सा आ गया।

''मिस्टर कुमुड, क्या मुझे पाकिस्तानी समझ कर मुझसे नाराज हो गये?''

पाकिस्तानी राजदूत ने कुमुद के गले में अपना बाजू डाल दिया। ''मेरी और कुमुद की दोस्ती पर शक की गुंजाइश रख के तुम हम दोनों से ज़ुल्म बरत रहे हो मोलू।''

''यही तो सारे स्कैण्डल की नींव है अली।''

मोलू की पाकिस्तानी राजदूत से बड़ी गाढ़ी छनती थी। ''लोग एक-दूसरे से मुहब्बत करते हैं और उन्हीं लोगों की सरकारें शायद उनकी मुहब्बत के कारण एक दूसरे से नफ़रत।''

''बस यदि कश्मीर की समस्या हल हो जाए'' पाकिस्तानी दूत ने कहा। ''तो हमारे बीच और कोई मतभेद है ही नहीं।''

''परन्तु कश्मीर भारत का एंटिगर्ल पार्ट है।'' कुमुद बोला।

''नहीं, कश्मीर पाकिस्तान की धार्मिक और तहज़ीबी कुल में स्थित है।'' अली ने तुरत जवाब दिया।

''नहीं!''

''नहीं–!''

इसी बीच यू.एन.ओ. में आस्ट्रेलिया का प्रतिनिधि सबको बताने लगा। ''चन्द साल पहले अपने सिडनी में एक कश्मीरी मेरा शरीककार था। उसने हमारी आस्ट्रेलियन नागरिकता अख़्तियार कर रखी थी। एक दिन मैंने उससे पूछा, क्यों मिस्टर ज़हीरुद्दीन, यहाँ आने से पहले तुम कहाँ थे? हिन्दुस्तान में, या पाकिस्तान में–? पता नहीं, कहाँ–? उसने जवाब दिया–दंगों से जान बचाने के लिए ना मालूम मैं कहाँ भागा फिरता था मिस्टर डाउनर। मुझे तो यहाँ आस्ट्रेलिया पहुँच कर पहली बार मालूम हुआ है कि मैं अस्तित्व में हूँ–''

भारत और पाकिस्तान के राजदूत अभी तक अपने चेहरों के समान ख़दोख़ाल से बरामद होते हुए होंठों को इतने समान प्रसार में खोले हुए थे जैसे मिलने वाले और प्रेमी हों।

''नहीं–!''

''नहीं–!''

ग्रेट ब्रिटेन के वाट्स ने निहायत 'सफ़ारतकाराना सन्नाई' से बात का रुख़ मौसम की ख़राबी की ओर मोड़ दिया। "यहाँ की सर्दी बड़ी ख़ुश्क है परन्तु हमारे ग्रेट ब्रिटेन की सर्दी अपने गीलेपन के कारण हमें बहुत प्रिय है।"

मोलू शायद बोर होने लगा था। "क्या आप लोग इसीलिए नहाने से बहुत घबराते हैं?"

जब सब लोग हँस रहे थे तो कीनिया का हाई कमिश्नर मोलू के और क़रीब सरक आया। "परन्तु मेरी समझ में नहीं आता बवाना, तुमने हमारा कीनिया क्यों छोड़ दिया।"

जवाब में मोलू केवल मुस्कुरा दिया।

कीनिया की आज़ादी से कुछ साल पहले ही उसे अन्दाज़ा हो गया था कि स्थिति कैसा पलटा खाने वाली है। इसीलिए उसने अपनी ग्रोसरी की स्वर्ण जंजीर काटना और जायदाद बेचना और धीरे-धीरे अपना सारा पैसा अमरीका भेजना शुरू कर दिया था। यहाँ तक कि आज़ादी के आसपास वहाँ उसके एकाउण्ट में लाखों डालर जमा हो गये। जब उसने अमरीका रवाना होने का तय कर लिया तो आज़ाद कीनिया की लेजिस्लेटिव कौंसिल के एक अफ़रीकी सदस्य ने उससे पूछा, जब भारत को आज़ादी मिली तो तुम यहाँ भाग आये और अब हमें मिली हैं तो तुम अमरीका भाग रहे हो। क्या तुम वहाँ नहीं रह सकते जहाँ स्वामित्व के कारण न रहें–?

"शायद तुम पूछना चाह रहे हो बवाना, मैं वहाँ क्यों नहीं रहता। जहाँ स्वामित्व के कारण जटिल होने लगता हैं।" मोलू ने उसे हँस कर जवाब दिया और सोचने लगा, मैं इसे क्या बताऊँ?–इसीलिए कि पनाहगाहें बदले बिना मेरे निजी स्वामित्व को ख़तरे का भय हो जाता है, जिसे मैंने एड़ियाँ रगड़-रगड़ कर अपने पैरों पर खड़ा किया है।

"बवाना मवाँगी।" थोड़े समय के बाद उसने आज़ाद कीनिया की पार्लियामेण्ट के सदस्य को दोबारा मुख़ातिब कर के कहा। "जिस बहुलता की सरकार को तुम मतों से जिता कर खुश होते हो, ज़रा उसका चीर-फाड़ कर देखो। लोकतांत्रिक चुनाव में ढोल बजाने वालों को न गिनें तो चुनाव करने वाले भी वही होते हैं और पदासीन भी वही–"

''परन्तु बवाना—''

''नहीं, बवाना, तुम्हारी स्वाहिली में एक कहावत है। लूमड़ अपनी चार टाँगों पर इसीलिए सीधा नज़र आता है कि उसकी कोई कल सीधी नहीं होती। उस लूमड़ का दूसरा नाम गणतन्त्रता है।''

''लूमड़-वूमड़ को अलग करके सीधी बात करो।''

''सीधी बात ये है गणतन्त्रता भी सारे लोग कुछ एक की हुकमरानी में ही बसर करते हैं।''

''मुझे विश्वास है बवाना, अमरीकी तुम्हारी ये नानसेंस पसंद नहीं करेंगे।''

''और मुझे विश्वास है बवाना मवाँगी, इट शुड मेक परफेक्ट संस टू दा अमरीकंज़—ख़ैर।'' ग्रोसरी के धन्धे ने मोलू को बातों का इतना धनी बना दिया था कि वह सिलसिला तोड़े बिना बात से बात पैदा कर लेता। ''गणतन्त्रता का ये कुव्यावहारिक पहलू यदि तुम्हें नापसंद है तो आओ, उसका सदव्यावहारिक पहलू भी देख लो। यहाँ भी पहला पाठ यही है कि आदर्श गणतन्त्र किसी एक भी अल्पसंख्यक को टालने का भी 'मजाज़' नही—हह हा हह—! जैसे भी कह लो, कुँजी का शब्द वही है—अकेला—अकेला व्यक्ति! इसीलिए गणतन्त्रता की प्रशंसा यूँ होनी चाहिए—'' मोलू अपने शब्दों को अनुक्रम में बिठाने के लिए ज़रा रुक गया। ''सरकार अल्पसंख्यक से सम्बन्धित, अल्पसंख्यक के लिए—एण्ड ऑफ़कोर्स—अल्पसंख्यक द्वारा—! बोलो, है ना बवाना?''

कीनिया की आज़ादी के चन्द माह बाद मोलू वहीं रुका रहा, कि उसकी पत्नी का भरोसा न था। उसने कई बार डॉक्टर से मश्वरा भी किया कि क्या मरसी किलिंग उचित न रहेगा परन्तु इसी बीच में ईश्वर ने आप ही अपनी मरसी के दरवाज़े खोल दिए। मोलू ने पूरी हिन्दू रस्मों के साथ स्वर्गीया के धुएँ को बैकुंठ की ओर उड़ाने का इन्तज़ाम किया। और स्वयं आप कीनिया की आज़ादी का पहला ज़शन ख़ूब धूम-धाम से मनाकर अमरीका उड़ने के लिए हवाई जहाज़ में आ बैठा। रास्ते में चाँद उसके जहाज़ के साथ दूर तक दौड़ता रहा—मोलू—! मोलू—! शायद वह अपनी सीट पर बैठे-बैठे सो गया और—और—

वह सेयालकोट में अपने माँ-बाप के कच्चे आँगन में चाँदनी में अपनी परछाईं से खेल रहा है—मोलू—! उसे अपनी माँ की आवाज़ सुनाई दी है—अब अन्दर आ के सो जाओ!—नहीं माँ, मुझे नींद आ रही—मोलू—! उसके बाप ने उसे डाँट कर बुलाया है—चलो, अन्दर आओ—! आया, बाबा—!

मोलू हड़बड़ाकर अपनी हवाई जहाज़ की सीट में जाग पड़ा। मोलू—दौड़ते-दौड़ते चाँद की साँस फूल गयी थी परन्तु वह अभी तक वैसे ही उसके पीछे चला आ रहा था—मोलू—! यहाँ से भी आगे जा रहे हो मोलू? वहाँ तुम्हारा कौन है—? आओ मोलू, मैं तुम्हें बाबा और माँ के पास ले चलता हूँ—आओ—! मोलू की आँखें फिर बन्द होने लगीं।

सो जाओ मोलू। बहुत खेल लिए हो—आओ, आ के सो जाओ—मोलू—! आया, माँ—! वह अपने पहले घर के कच्चे आँगन से कोठरी में दाख़िल हो रहा है और चाँदनी में दबे पाँव उसके पीछे चली आ रही है और चन्द क़दम में ही उसके आगे हो के उसकी चारपाई पर उछल आयी है और वह उसे यहाँ भी पाकर खिलखिलाकर हँस पड़ा है—देखो, मोलू की माँ तुम्हारा बावला बाला आप ही आप हँसे जा रहा है—! सो जाओ, बेटे! सवेरे स्कूल जाना है—हाँ, बाबा—! चादर में चाँदनी को भी लिए मोलू ने मुँह सर पर लपेट लिया है और पूर्व नियमानुसार सात बार ॐ का जाप करने के लिए मुँह खोला है परन्तु छठी बार नीन्द ही नींद में एक और नींद में उतर आया है—माँ—! माँ—! माँ और बाबा कहाँ खो गये?—बा—बा—! वह उन्हें बाबे बेरी के मेले में ढूँढ़ रहा है—! माँ—!—मोलू ख़ूब रोने लगा है और सारे मेले में रो-रो कर धूमते हुए दोनों नींदों की सरहदों से बाहर निकल आया है।

आँख खुलने पर भी वह अपने मासूम रोदन से कान नहीं हटा पाया।

और—

परन्तु कीनिया का दूत उसे मुख़ातिब कर के कह रहा था। ''अगले वीकएण्ड को मेरा कीनिया जाने का प्रोग्राम था बवाना मोलू,

परन्तु मैंने अपनी खाँगी केवल इसीलिए रद्द कर दी है कि तुम्हारे स्वर्गीय ग्रेट गिबिंज़ की बर्थ एनीवर्सरी का ग्रेट डिनर भी उसी दिन है।''

''इट इज आवर ग्रेट प्रीविलेज।''

स्वर्गीय मोलू ग्रेट गिबिंज़ का प्रोटेजी भी था और उसकी ज़िन्दगी में उसके 'ऑलवर्ल्ड' का पार्टनर भी। ग्रेट गिबिंज़ की पत्नी यहाँ अमरीका आने से पहले वहाँ कीनिया में ही एक जर्मन वाइट हाई लेण्डर की पत्नी और वहाँ मोलू से भी उसका अफ़ियर चलता रहा था। उसके द्वारा मोलू का गिबिंज़ से सम्बन्ध पैदा हुआ था, जिसके बाद दो-एक साल में ही वह इतने क़रीब आ गये थे कि गिबिंज़ ने उसे अपनी पत्रकारिता सल्तनत में बराबर का हिस्सादार बना लिया था। गिबिंज़ को शराब की इतनी लत थी कि पिए बिना होश न आता था और डॉक्टरों की बातों में आकर कभी पीने से हाथ खींच लेता तो बैठे-बैठे भी लड़खड़ा जाता। अपनी पत्नी की तरह उसे भी मोलू से इश्क था, शायद इसीलिए कि उसकी माँ भी भारतीय थी—नहीं—वह तुरन्त अपने आपको ठीक करके मोलू को बताता—दरअसल मेरा बाप भारतीय था। मेरा मतलब है मेरी माँ ही मेरा बाप थी, क्योंकि उसी ने अपनी निहायत कड़ी निगरानी में मुझे ऊँचा किया—गिबिंज़ हँसने लगता—मेरे बिगड़ने का यही कारण है कि मेरी माँ मुझे क्षण भर भी अपनी नज़रों से ओझल न होने देती थी। जब वह मर गयी तो स्वयं को उसकी नज़र से बँधा हुआ न पाकर मैं बेरोक-टोक अपने मौजूदा नर्क की ओर बढ़ता चला आया—

''तुम्हारा बाप—!''

''मेरे अमरीकी बाप को पैसा कमाने से फ़ुर्सत ही कहाँ थी? उसे तो ये भी ख़बर न थी कि मैं उसका बेटा हूँ या उसके किसी पड़ोसी का—उसे छोड़ो मोलू, तुम मुझे अपनी माँ के बारे में कुछ बताओ—नहीं, मेरी शराब में पानी मत मिलाओ।'' गिबिंज़ उसे टोकता। ''मोलू, भारतीय माँओं के बारे में मेरा अनजानापन उपहासपूर्ण है। तुम अपनी माँ का कुछ ऐसा ख़ाका खींचो कि मैं भी अपनी माँ को जानने-पहचानने लगूँ।

गिबिंज़ इसीलिए पीता था कि होश में रहे, और मोलू इसीलिए कि होश खो बैठे। कई बार ऐसे हुआ कि शराब पीकर मोलू चाहे आसमान की ओर देखता चाहे अपने ज़ेहन में धुन्ध ही धुन्ध में कहीं से वही चाँद निकलता—आओगे नहीं, मोलू—? आओ, माँ तुम्हारी राह तक रही है।

"तुम कहाँ चले गये थे मोलू?" गिबिंज़ की पत्नी ने एक दिन उससे कहा था। "मैं पिछले दस दिन से तुम्हारा रास्ता देख रही हूँ।"

परन्तु नशे में होश खोकर वह मोलू को अपनी माँ ही मालूम हो रही थी और उसकी गोद में सर रख कर उसका रोना थमने में नहीं आ रहा था और गिबिंज़ की पत्नी ने जल्दी-जल्दी उसके और अपने कपड़े उतार कर उसे अपने साथ रज़ाई की गर्मी में लिटा लिया था और उससे 'बालिहाना' प्यार करने लगी थी। परन्तु मोलू सिसकियाँ भरते हुए अपने सपने में डूबा जा रहा था।

"मोलू, तुम्हारे ग्रेट गिबिंज़ की दिलचस्प गुफ़्तुगू की गूँज अभी तक वैसे ही कानों में महसूस होती है।" न्यूज़ी लेण्डर जो यहाँ काफ़ी समय से रह रहा था, मोलू को मुख़ातिब करके उसका ध्यान आकृष्ट कर रहा था।

"इसीलिए हमारे आल वर्ल्ड ने उस डिनर में एक एक्टर की सेवा प्राप्त की है।" मोलू ने उसे बताया। "उस एक्टर की बातें सुनकर यही लगता है कि गिबिज़ ही रॉकेट में सवार होकर नर्क से आ पहुँचा है।"

"क्या अमरीकी सरकार ने अपनी स्पेस टेकनालोजी शैतान को भी बेच दी है।" पाकिस्तानी राजदूत से न रहा गया।

"मैं तो राय दूँगा कि जिसे भी हमारी स्पेस टेकनॉलोजी प्राप्त करना है वह शैतान से अनावश्यक सम्बन्ध पैदा करे।"

"नऊज़ुबिल्लाह!—" अरब रिपब्लिक के प्रतिनिधि ने अचानक तेज़ आवाज़ में कहा, जिसे सुन कर मोलू को अचानक घर लौटने की इच्छा होने लगी और वह उठ खड़ा हुआ।

"चियर यू, एवरी बॉडी।"

कुछ ही क़दम पर हॉल के बाहरी दरवाज़े पर मेज़बान और

उसकी पत्नी जाने वालों को शुभ रात्रि कहने के लिए खड़े थे।

"मैं तुमसे बहुत नाराज़ हूँ मोलू।" पिछले माह मोलू ने अपने 'आल वर्ल्ड' में पूरे आधे पृष्ठ पर होस्टस डाली की तस्वीर छापी थी जिसके कारण वह उस पर ख़ास मेहरबान थी और उससे बड़ी बेतकल्लुफ़ी से पेश आने लगी थी।

"डाली डियर, कल तक भी इसी तरह नाराज़ रहना।"

"क्यों?"

"इस समय मैं नशे में हूँ।" मोलू ने उसे जवाब दिया। "इस समय कैसे बता सकता हूँ कि नाराज़ होकर तुम सचमुच अधिक सुन्दर मालूम होने लगती हो।"

"हाऊ नॉटी!"

"टा–टा!"

मोलू आगे बढ़ने लगा तो उसकी चाल-ढाल देखकर डाली का पति बोला। "ठहरो मोलू। नशे में हो तो एक टाट और चढ़ा जाओ।" वह शायद 'ऑल वर्ल्ड' में अपने सन डाउनर के राइट अप से सम्बन्धित सोच रहा था। "होश आ जाएगा।"

"होश आ जाएगा माई डियर रोली, तो कौन-सा ईश्वर नज़र आने लगेगा।" मोलू आगे बढ़ने लगा तो रोली के इशारे पर एक सेटवर्ड उसके साथ हो लिया और वह जैसे उसी के पैरों पर चल कर अपनी कार के पास आ खड़ा हुआ।

मोलू को गाड़ी चलाने का होश भी कहाँ था? यही समझ लें कि उसकी गाड़ी आप ही आप चलती जा रही थी। उसकी जिन्दगी की गाड़ी भी यूँ ही चलती आयी। इसीलिए वह सेयालकोट के चाउनाँ मुहल्ले से यहाँ न्यूयार्क आ पहुँचा वर्ना अपनी मर्ज़ी से उसे कहीं से कहीं पहुँचना होता तो मुहल्ला चाउनाँ से मुहल्ला धारुवाल से आगे क़दम न रखता। धारुवाल में–क्या नाम था उसका–? जबीं रहा करती थी। सितारा जबीं मोलू की पहली प्रेमिका थी और वह उसे अभी तक इसीलिए नहीं भूल पाया था या फिर शायद इसीलिए कि उसे उसका नाम बहुत पसन्द था, या शायद चेहरा–मोलू को अचानक सितारा जबीं का ख़याल आ गया था और वह उसका चेहरा

आँखों में लाने की कोशिश कर रहा था परन्तु एक उस चेहरे के अतिरिक्त दुनिया भर की औरतों के चेहरे बारी-बारी से उसके सामने आ रहे थे—नहीं, वह उसकी शक्ल भूला तो नहीं था परन्तु—उसने मुस्कुराकर सर हिला दिया—परन्तु पता नहीं उसकी क्या शक्ल थी। बड़ी भली शक्ल थी, इतनी भली, कि उसने जबीं को बेझिझक बता दिया था, तुम मेरा आदर्श हो, मेरा सब कुछ—नहीं, मन ही मन में बताया था, सचमुच तो उसने अपनी सितारा जबीं से बात भी न की थी। उसे तो शायद मालूम ही न था कि मोलू उससे प्रेम करता है। मोलू ने अपने प्रेम को अपने अस्तित्व का एक बड़ा पवित्र राज़ समझ कर सीने से लगाये रखा—मोलू खिलखिलाकर हँस पड़ा—पवित्र राज़—!? उम्र गँवा कर उस पर खुला तो ये था कि प्रेम एक पब्लिक अफ़ियर है। जिससे भी चाहो, प्रेम करो, परन्तु उसकी और अपनी सुविधा के अनुसार करो, और चाहने वाले बहुत ज़्यादा हों तो सब्र से काम लेकर अपनी पारी पर कर लो—और क्या—? मोलू पर जो हँसी का दौरा पड़ा तो उसकी गाड़ी ज़रा ग़लत पहलू की ओर खिंच आयी और दूसरी दिशा से एक तेज़ रफ़्तार कार के ड्राइवर ने अपने फेफड़ों से आवाज़ बुलन्द की—"ब्लडी फूल!"

परन्तु मोलू को अपनी तरंग में जो इच्छा उठी तो उसने यही राग अलापना शुरू कर दिया।

'आई एम ए ब्लडी फूल।'

'आई एम ए ब्लडी फूल।'

वह अपने सामने सड़क पर निगाह जमाए पता नहीं कहाँ पहुँचा हुआ था और उसकी गाड़ी स्वयं से उड़ी जा रही थी। ड्राइवर की सीट पर बैठ कर वह जैसे स्टेयरिंग, थराटल या स्विचबोर्ड की तरह गाड़ी का ही कोई हिस्सा बन जाता, गाड़ी ही बन जाता, और उस पर भी अपने आपको सोचते हुए पाकर उसे आश्चर्य होने लगता कि गाड़ियाँ क्योंकर सोच सकती हैं। चंद ही दिन पहले उसने अपने 'आल वर्ल्ड' में ह्यूमेन आटो मोबेल्ज़ के विषय पर एक मिडिल में अपने पाठक को ये वाक़िया सुनाया था : परसों मैं अपनी कार में डेविक ऑफ़ एडेंबरा के आने पर उससे इन्टरव्यू करने ब्रिटिश एम्बेसी

जा रहा था। एम्बेसी से थोड़ी ही दूर मेरी कार अचानक पंकचर हो गयी। डेविक ऑफ एडेंबरा से मेरी अप्वाइंटमेण्ट का समय बीता जा रहा था और मुझे गाड़ी का पहिया बदलने के विचार से उलझन हो रही थी। पाँच-सात मिनट सोचने में ही गुज़र गये और फिर मुझे एकदम जैसे अपनी मुश्किल का ये हल सूझा—अरे—! दो सौ गज़ का फ़ासला ही तो है। पैदल ही क्यों न चला जाए—अरे हाँ—! इस प्रकटन पर ख़ुशी से मेरे हाथ-पाँव फूल गये। मैं भूल ही गया था कि मेरे टाँगें भी हैं—आई एम ए ब्लडी फूल!

मिडिल याद आने पर मोलू जैसे अपने सामने 'ऑल वर्ल्ड' खोले डेविक ऑफ एडेंबरा से अपना इण्टरव्यू पढ़ने लगा था।

मुझे ज़र्द रु (पीला चेहरा) पाकर डेविक ऑफ़ एडेंबरा को शायद विचार आया कि ऑल वर्ल्ड ने अपने जूनियर स्टाफ में से किसी को भेज दिया है, फिर भी उसने—जैसा कि उसके सम्बन्ध में प्रसिद्ध है—ख़ुशदिली से कहा। "हेलो! क्या नाम है तुम्हारा?"

"यूअर रायल हाइनिस।" मैं तो सोच कर ही आया था कि मुझे इसी तरह इण्टरव्यू को शुरू करना है। "एक ज़माना था कि लोग मुझे भी डेविक ऑफ एडेंबरा कहा करते थे।"

"माई!" मुझे मालूम था कि डेविक ऑफ़ एडेंबरा की मज़ाह की रग यदि फड़क उठे तो वह अपनी लागत पर भी बोलने से नहीं चूकता। "क्या तुम्हारी पत्नी भी कहीं कोई रानी है?"

"हाँ, यूअर रॉयल हाइनेस। आपके यहाँ तो ग्रोसर की बेटी को प्राइम मिनिस्टर के ऑफ़िस तक ही रोक दिया जाता है परन्तु हमारे यहाँ ईस्ट अफ़रीका में हिन्दुस्तानी ग्रोसरों की बेटियाँ रानियाँ क़रार दी जाती हैं। और हम भारतीय दरआमदशुदा पति, आपकी तरह डेविक।"

डेविक ऑफ एडेंबरा किसी स्कूल ब्वॉय की मासूमियत से हँसने लगा था। "तो आओ, अपनी इस कामन प्राब्लम से ही इण्टरव्यू की शुरुआत करें।"

"यूअर रायल हाइनेस, यदि अपनी पत्नी की जगह आप शासक होते तो—"

मेरा पूरा वाक्य अदा होने से पहले ही डेविक ने जवाब दिया। "तो मैं अपनी सारी बेचारगी और डेविक ऑफ एडेंबरा की उपाधि फौरी तौर पर क़ुईन को सौंप देता।"

हँसते हुए मोलू को महसूस हुआ कि उसकी गाड़ी के पहिये सड़क के टेढ़े-मेढ़े पत्थरों पर उछलने लगे हैं वह सोचने लगा था कि यदि मैं अपनी पत्नी के इलाज़ में अपना आशीर्वाद भी शामिल कर लेता तो शायद—परन्तु वह अपने आपको बताने लगा कि किसी ने भला शैतान को भी प्रार्थना करते देखा है। शैतान की शहज़ादगी तो ईश्वर का मज़ाक़ उड़ाने के दम से है। प्रार्थना की क्षमता खोकर ही तो वह इतने बड़े अमरीकी फोर्थ स्टेट को अपने धन में शामिल कर पाया है—मिस्टर प्रेसिडेण्ट—उसने एक बार अपने एक एडीटोरियल में यू. एस. ए. के राष्ट्रपति को मुख़ातिब करके चेतावनी दी थी। ये क्या तुक हुई कि जहाँ तुम्हारा तर्क जवाब दे जाता है वहाँ तुम काँग्रेस को खुदा का वास्ता देने लगते हो—? मोलू अपने वाक़िफ़कारों को बताया करता कि मुझे जब बेतर्क नेकियों की उत्तेजना होती है तो अकारण ईश्वर को डिस्टर्ब करने की बजाय मैं ख़ूब शराब चढ़ाकर अपनी गाड़ी में तेज़ी से जंगलों की ओर हो लेता हूँ और वहाँ किसी बड़ी टॉप हॉली डे इनके सुरक्षित चबूतरों से उस समय तक चौपायों के जीवन के प्राकृतिक कारणों का अध्ययन करता हूँ जब तक मेरी समझ में पूरी तरह न आ जाए कि सबसे बड़ी नेकी क्योंकर वही एक ही जौहर सजीव अपने साथ बरत पाता है, और न बरत पाये तो कोई और उसी नेकी को बरत कर उसे हड़प जाता है।

"तुम नेक इन्सान नहीं।" उसकी कीनिया की भारतीय पत्नी उससे लड़ते हुए अक्सर कहा करती। "जब तुम मुझे अपनी बाँहों में लेते हो तो मेरी कोख सिकुड़ कर बन्द हो जाती है और मैं तुम्हारी चोटें बर्दाश्त किए जाती हूँ और बस—"

सन आ, ए बिच!—मोलू अपनी पत्नी को कोस रहा था कि शायद उसकी गाड़ी के पहियों के नीचे रात को कोई जानवर आ गया परन्तु नशे में किसी की चीख़ें कहाँ सुनाई देती हैं—सारी ज़िन्दगी मुझसे नफ़रत करने के बावजूद शिकायत करती रही कि मैं उससे

प्रेम नहीं करता।

"तो क्या करता हूँ?"

"धन्धा—!"

मोलू की मौजूदा सफ़ेद पत्नी भी उससे यही कहा करती—डार्लिंग, जब तुम मेरे बदन पर उछल-कूद में व्यस्त होते हो तो मुझे लगता है तुम्हारे किसी ब्यूटीफुल एडीटोरियल से आनंदित हो रही हूँ और बस—

सन आ, ए बिच—! उसने अपनी उस पत्नी को भी गाली बकी—मेरी बेमुहर 'मुबाशिरत' के कारण मेरे बच्चे मेरे खून में ही बूढ़े होकर रह गये हैं और मैं उन्हीं का बलग़म थूकता रहता हूँ—उसने शुक्र अदा किया कि उसकी औलाद पैदा होने से रह गयी, वर्ना पैदा होते ही खाँस-खाँस कर उससे मुख़ातिब होकर कहती—डैड! आज्ञाकारी पिता अपनी औलाद के हुक्म को तौलते नहीं, उसे करते हैं। हह हह हा—हह हा—! मोलू की हँसी रोके न रुक रही थी, शायद वह अपने खून में खाँसती औलाद के खूसट रवैयों पर हँसे जा रहा था या शायद यू. एन. ओ. के डिप्टी सिकरेटरी के सन डाउनर में उस बूढ़े एशियाई प्रोफ़ेसर राधास्वामी पर, जिसकी बातों में घिर कर तीन-चार हसीनाओं को पता नहीं चल रहा था कि वह फ़रार की क्या सूरत करें। लड़कियों की बेचारगी के दृश्य से आनंदित होकर मोलू भी प्रोफ़ेसर के घेरे में चला गया था।

"भूख ईश्वर की सब से बड़ी नेमत है लड़कियो—" एशियाई प्रोफ़ेसर की नज़र अमरीकी लड़कियों को चाट-चाट कर खा रही थी। "तुम्हारे अमरीका की सबसे बड़ी समस्या उसका रिझापन है। उसे भूख ही नहीं लगती, परन्तु कोई खाएगा नहीं तो जिएगा कैसे? इसीलिए अमरीका मौत के खौफ़ से बेभूख खाता रहता है—"

"मैं आपके खाने के लिए कुछ लाती हूँ।"

"नहीं।" प्रोफ़ेसर ने बोलने वाली लड़की के कन्धे को मजबूती से थाम लिया। "पहले मैं तुम्हें एक महाराजा की कहानी सुनाता हूँ। इस कहानी से मेरी सारी बात स्पष्ट हो जाएगी।"

इसी क्षण बूढ़े प्रोफ़ेसर की नौजवान पत्नी भी उसे ढूँढ़ती हुई आ

पहुँची और उसका अन्तिम वाक्य सुन कर बोली। "तुम अकारण अपना समय बरबाद कर रही हो लड़कियो। मेरा पति अपनी बात को कभी स्पष्ट नहीं कर पाएगा। उसे सुन कर मुझे तो वह कुछ भी अस्पष्ट मालूम होने लगता है जो पहले पूरा स्पष्ट था।"

"क्या स्पष्ट था?" फ़लसफ़े का प्रोफ़ेसर अपनी पत्नी से पूछने लगा जो माहौलियाती प्रदूषण के निवारण पर रिसर्च के काम पर नियुक्त थी—"पोल्यूशन?"

"हाई, मोलू!" मिसेज़ राधास्वामी मोलू को भी वहीं पाकर खिल उठी। "माई डियर हसबैण्ड को समझाओ मोलू, कि पोल्यूशन केवल धुएँ और गैस से नहीं होती, बातूनी लोगों के शोर से भी पोल्यूशन बढ़ रही है।"

"मैंने सुना है लाजी।" मोलू ने मिसेज़ राधास्वामी को जवाब दिया—"कि आदमी के बुरे ख़याल भी साँस के रास्ते माहौल में बिगाड़ पैदा करते हैं।"

लाजी ने उसकी ओर देख कर कृष्ण की गोपी से बने अपनी साउथ इण्डियन पतली कमरिया को बल दिया, जैसे ये कहने के लिए, कुछ बुरा-भला सोचो तो जानूँ भी मोलू, नहीं तो क्या पता, किया?

"क्या ये सच है।" हसीनाओं में से एक ने सवाल किया, "कि हमारी पोल्यूशन से हमारी दुनिया ग्रीन हाउस में स्थानान्तरित होती जा रही है?"

"हाँ" दूसरी बोली। "पोल्यूशन से आसमान में ये जो ग्रीन हाउस बन रहा है, क्या मजाल, उसकी दीवारों से बाहर कुछ जा पाये।"

"ग्रीन हाउस की छत मोटी होती चली गयी। तो हमारा ग्लोब नर्क बन जाएगा।"

"मोलू" मानो अचानक याद आने पर मिसेज़ राधास्वामी रुक न सकी।

"मैंने आज तुम्हारे 'ऑल वर्ल्ड' में पढ़ा है कि चाँद के पहले ट्रिप के लिए धड़ाधड़ बुकिंग की जा रही है—"

मोलू!—मोलू!—मो—लू—! मोलू की गाड़ी हवा से बातें कर रही थी कि उसे अचानक चाँद की सधी हुई आवाज़ सुनाई दी जो आसमान से उतर कर बैठक की खिड़की पर आ बैठा था—चलो, मोलू, मैं तुम्हें लेने आया हूँ—कहाँ क्या?—आओ!—मोलू—।

मोलू ने सोच रखा था कि घर पहुँचने से पहले वह व्हिस्की नहीं पिएगा परन्तु अपनी इच्छा से परास्त होकर उसने ड्राइवर की सीट के पहलू के एक थैले से व्हिस्की की बोतल निकाली और अभी इसे खोल कर मुँह से भी न लगा पाया था कि उसकी गाड़ी सड़क के किनारे उस मोड़ पर मुड़ती हुई नीचे वादी में लुढ़क गयी।

मोलू बच गया था। उसे अस्पताल में दाख़िल हुए कोई सप्ताह भर हो लिया तो एक सुबह डॉक्टर ने ज़ख़्मों के अर्थ के बाद तशफ़्फ़ी में सर हिलाया और उसे बताने लगा। "जब तुम्हें यहाँ लाया गया था मिस्टर मोलू, तो हम दो डॉक्टरों की राय में तुम्हारी पूरी मौत हो चुकी थी, परन्तु फिर क्या हुआ, कि तुमने अचानक आँखें खोल लीं।"

"मैं आँखें कैसे न खोलता डॉक्टर—?" मोलू उसे बताने लगा। "मेरी आत्मा सचमुच उड़ान भर चुकी थी, परन्तु कहाँ जाती? थोड़ा-सा ऊपर गयी तो ग्रीन हाउस की छत के नीचे ही फड़फड़ा कर रह गयी और मुक्ति का कोई रास्ता न पाकर अपना नर्क जीने के लिए लौट आयी।"

❑❑❑